Agnes Hammer

Bewegliche Ziele

WENN DU
DICH NICHT
WEHREN
KANNST

Loewe

Zu diesem Buch steht eine Lehrerhandreichung zum
kostenlosen Download bereit unter
http://www.loewe-verlag.de/paedagogen/handreichungen.html

FSC
www.fsc.org
MIX
Papier aus verantwortungsvollen Quellen
FSC® C014496

ISBN 978-3-7855-7467-6
1. Auflage 2012 als Loewe-Taschenbuch

Umschlagfoto und -gestaltung: Christian Keller
Printed in Germany

www.loewe-verlag.de

Agnes Hammer
Bewegliche Ziele

Der Sehnsucht helles Auge wacht
und sicher führt mich süsses Ahnen.

Ernst Schulze (1789 – 1817)

MOMO Das Wasser ist wie blauer Schnee, in dem sich heißer Stahl nach vorne frisst. Ich schieße wie ein Projektil über die letzte Bahn. Wieder hoch, die Schreie noch lauter, und sofort wieder das Gesicht ins Wasser.

Ich schlage an. Die Kacheln sind blau und glatt, dazwischen die raue Fugenmasse, die an meinen Fingerspitzen kratzt. Für einen Moment bleibe ich in der Ungewissheit, in der Spanne zwischen Schwimmen und Sieg. Die Augen geschlossen. Luft holen. Müde. Fertig.

Bender, mein Trainer, kommt in seinem O-Bein-Gang an den Startblock. Seine Hand streckt sich aus. Aber ich bin zu müde, höre nicht, was er sagt, weil in der Halle ein unglaublicher Lärm ist. Pochen in den Ohren, dumpfes Schwappen von Chlor.

Ich ziehe mich aus dem Wasser. Meine Schultern, die sich eben noch aufspreizten wie die Flügel eines Raubvogels, prickeln nun, als laufe Säure durch sie hindurch.

„Eins Komma null ...“, sagt Bender, der mir das Handtuch gibt. Der Rest verschwimmt im Lärm der Halle. Ich kann ihn nicht verstehen.

Überall klettern Schwimmerinnen aus dem Becken. Hängende Schultern, aufmunternde Worte, meine Hand wird geschüttelt.

Tina Melchior, meine schärfste Konkurrentin, drückt kurz meinen Arm. Sie ist zittrig vor Anstrengung oder vor Wut, ich kann es nicht sagen. Auch Mama und Opa sind da. Mama hängt mir die Trainingsjacke um.

„Wie war die Zeit?“, frage ich.

Bender sagt es mir.

Nicht schlecht, denke ich, vier Zehntel unter dem deutschen Rekord. Wirklich nicht schlecht.

Später bekomme ich den Pokal und die Zeitung ist da, um Bilder zu machen. Bender drückt seine O-Beine nach außen, bevor er erzählt, dass nichts ohne Willen geht.

„Talent ist nicht alles. Man muss wollen!", sagt er. Wie immer, jeden Tag, bei jedem Training.

JENNY

„Wenn ich dich richtig verstehe, willst du heute Abend weggehen?" Die Augenbrauen meines Vaters heben sich drohend.

„Zu einer Ausstellung, ja", sage ich.

„Sie kann ja um halb zehn mit dem Zug zurückfahren", schlägt Mama vor.

„Vergiss es! Da laufen doch nur Nichtstuer rum." Papa sticht die Gabel in seinen Braten.

„Aber es ist von meinem Kunstlehrer! In Siegen. Da ist doch nichts dabei."

„Langhaariger Penner, dein Kunstlehrer!" Er schiebt ein großes Stück Fleisch in den Mund. Seine Brauen senken sich, während er kaut.

„Oh, Mann, Papa. Hör doch auf!", rufe ich.

„Der kann ja morgens lange schlafen!"

„Fred, sie wäre doch früh im Bett."

Mama rückt die Soße näher an seinen Arm.

„Nichts da. Meine Tochter trifft sich nicht mit diesen Leuten." Er nimmt von der Soße und stippt seine Kartoffeln hinein.

„Tim, sag doch auch mal was!" Mama schaut meinen Bruder bittend an.

Tim dreht die Augen nach oben.

„Morgen früh brauchen wir Jenny im Verein. Was muss sie sich denn den Blödsinn von ihrem Kunstlehrer anschauen?", fügt Papa hinzu.

Sein Teller ist leer. „Gibt es Nachtisch?"

Ich nehme die Teller und trage sie in die Küche. Mama spricht wieder mit ihrer besten Bitte-bitte-Stimme. Ich kann nicht verstehen, was sie sagt.

Aber es wird nichts nützen. So ist Papa immer. Dass ich male, ist für ihn höchstens kindisch. Wenn er es überhaupt beachtet.

Ich stelle die Puddingschüssel vor ihn.

„Um sechs Uhr dreißig sind wir morgen früh startklar! Ansonsten will ich keinen Ton mehr hören", sagt Papa.

Wir warten, dass Papa vom Pudding nimmt.

„Tim, du deckst noch die Kamelien ab. Es soll wieder Frost geben."

„Was? Ich muss doch noch meine Pistole putzen", ruft Tim empört.

„Ich will nichts mehr hören!" Papa nimmt einen Löffel Schokopudding. „Gibt es auch Sahne?"

SARAH

Geschrei. Mama weint, Papa knallt Türen. Geht wieder zurück ins Wohnzimmer. Noch mehr Geschrei. Wörter, die ich nicht hören will. Scheidung, Geld, fremde Frauen. Ein Glas klirrt, ein Stuhl geht scheppernd zu Boden. Die Haustür fällt ins Schloss. Kurz darauf startet das Auto.

Ich kenne das alles.

Ich liege schon im Bett. Den ganzen Tag Bio gelernt. Formeln von Fruktose und Glukose tanzen hinter meinen geschlossenen Augen.

Mama weint noch immer. Sie geht mit langsamen, schweren Schritten in die Küche, poltert mit den Töpfen im Spülbecken. Ein Topfdeckel geht mit einem dunklen Aufschlagen zu Boden. Dann Besteck, das gegeneinanderklirrt.

Mein Gehirn trennt aus den langen Kohlenhydratketten Einfachzucker. Enzyme greifen an. Zuckermoleküle gelangen ins Blut.

Mama kommt die Treppe herauf.

Ich will das nicht.

Sie knipst das Licht in meinem Zimmer an.

„Sarah, bist du noch wach?", fragt sie. Ich kann hören, dass sie noch immer heult. Ich kann mir ihren gebückten Rücken vorstellen, ihre nach vorne gefallenen Schultern, wie eingeklappte Flügel.

Ich sage nichts. Das Kopfkissen auf dem Gesicht, denke ich ganz fest an Enzyme.

Der Lichtschalter klickt. Die Tür von meinem Zimmer schließt sich wieder.

TICKER An meinem achtzehnten Geburtstag, morgens früh. Ich komme nach Hause, also in die Wohnung, in der ich mit meinem Vater und meiner jüngeren Schwester Nina lebe. Sie schlafen noch. Es ist Samstag. Alles ganz still.

Bin nüchtern, obwohl wir die ganze Nacht Party gemacht haben. Ich sehe nach, ob der Alte seine Zigaretten auf dem Tisch liegen hat. Nehme mir eine, mache sie aber nicht an.

Ich schaue auf das dreckige Geschirr, das noch auf dem Tisch steht. Es gibt fast jeden Abend Pizza, die meine Schwester warm macht, wenn Vater von der Baustelle kommt. Meine Schwester ist erst zwölf. Sie ist so verdammt lieb, hat gute Noten, strengt sich an, alles richtig zu machen.

Eine leere Chipstüte liegt unter dem Tisch, die schmutzigen Teller von gestern und vorgestern im Spülbecken. Und benutzte Kaffeebecher, volle Aschenbecher und ein umgekippter Joghurt, den niemand aufgewischt hat.

Die Zigarette hinters Ohr gesteckt. Ich sehe mich um, als sähe ich unsere Küche zum allerletzten Mal.

Dann nehme ich das restliche Geld aus der alten Zuckerdose. Ich denke, das ist so eine Art Geburtstagsgeschenk.

Vor der Tür mache ich die Zigarette an. Ich gehe die Straße hinunter bis an die Hauptstraße, dann nehme ich den Weg zum Wald. Es ist nicht mal besonders kalt, jedenfalls für Januar. Die Zigarette werfe ich halb geraucht in eine Pfütze. Ich setze mich auf eine morsche Bank, ziehe mir die Kapuze über und starre vor mich hin. Ich werde schläfrig. Es riecht nach Winter und Moder, nach nassem Wald.

Ich denke an die Party, die Ette und die anderen gestern für mich organisiert haben. So richtig. Eigentlich wollten wir in einen Puff gehen, aber Ette ist eben erst siebzehn.

Ich gehe nie mehr nach Hause.

MOMO

„Weiß Mama das?“, warnt mein Opa. Er sitzt auf dem geschlossenen Klodeckel und lässt sich von mir rasieren.

„Mama hat nichts dagegen“, erwidere ich.

„Doch, das glaube ich schon“, sagt Opa.

Er reckt seinen faltigen Hals, damit ich an die störrischen Härchen komme, die auf seinem Adamsapfel wachsen.

„Wenn ich rauchen will, dann ist das ja wohl meine Entscheidung!“, erwidere ich.

Mama ist bei der Arbeit. Sie sitzt wahrscheinlich gerade an der Kasse oder wiegt Käse ab.

„Außerdem brauchst du deine Lunge zum Schwimmen“, fügt Opa hinzu.

Ich brumme nur, weil ich mich konzentrieren muss, sonst ritze ich ihm noch die Haut auf.

„Gut, anscheinend legst du auf die Meinung eines alten Mannes keinen Wert.“

Er ist nicht sauer. Dazu ist er viel zu fröhlich. Ich kenne keinen lebenslustigeren Mann als meinen Opa. Heute zum Beispiel geht er zum Tanztee in die Stadthalle.

Er trägt einen dreiteiligen Anzug mit weißem Hemd. Und hat ein weißes Einstecktuch, das er seinen Damenwinker nennt.

Ich wische die Reste vom Rasierschaum aus seinen Mundwinkeln.

„Aber das mit dem Rauchen hört auf, hast du mich verstanden?“

Ich verstehe, dass Opa Angst hat. Er hat selbst Krebs. Aber Krebs im Alter ist so eine Sache. Weil alle Zellen im Körper so langsam wachsen, bilden sich auch kaum neue Tumore. Die Ärzte haben bei der letzten Untersuchung gesagt, er könne damit hundert werden. Eine Chemotherapie hat er abgelehnt.

Nun legt sich Opa seine Krawatte um.

„Wie sehe ich aus?“, fragt er.

„Geil“, sage ich.

„Das will ich hoffen!“

JENNY Es ist die Pest, aber fast jedes Wochenende muss ich früh aufstehen, weil wir Wettkampf haben. Meine Mutter steht in der Küche und macht uns Salamibrote. Mein Vater lädt bereits den Wagen voll. Tim, der Landesmeister, macht sein Mental-Training, das heißt, er sitzt mit offenem Mund vor dem Fenster und starrt in den Januarregen.

Im Auto ist die Stimmung gereizt, wie immer vor einem Wettkampf. Tim darf nicht angesprochen werden.

Mein Gewehr liegt irgendwo im Kofferraum. Heute Morgen hat mein Vater gemerkt, dass ich es gestern Abend nicht geputzt habe. Ich habe die ganze Woche nicht geschossen. Dieses ganze Schießtraining hängt mir zum Hals heraus. Mein Vater ist deshalb richtig sauer. Wahrscheinlich versaue ich den ganzen Wettkampf.

Solli ist auch da. Daniel, der Trainer, muss sich ganz schön ins Zeug gelegt haben, wenn sogar Solli heute schießt. Ich habe ihn seit mehreren Monaten nicht mehr beim Training gesehen. Er hebt lässig die Hand, als er mich sieht.

Ich grinse Solli an und rolle mit den Augen, um anzudeuten, dass ich den ganzen Wettkampf kindisch finde. Er grinst zurück.

Die Scheißwettkämpfe ziehen sich wie immer in die Länge. Ich schieße und bin nicht besonders gut. Solli auch nicht.

Wir gehen zusammen vor die Tür. Es regnet immer noch.

„Lass uns mal um die Ecke da gehen", sagt Solli. Ich gehe hinter ihm her, den Blick auf seinen braunen Anorak gerichtet.

Solli holt einen Joint aus der Tasche.

„Ist nur ganz wenig drin", meint er, als er gezogen hat und ihn mir gibt.

Ich wollte eigentlich nicht kiffen, wenn meine Eltern es sehen könnten. Ich wollte eigentlich sowieso nicht kiffen. Aber natürlich nehme ich den Joint, als sei es ganz normal.

Solli schaut missmutig in den Regen, der auf die nahen Birken tröpfelt.

„Das ist mein letzter Wettkampf. Wenn Daniel noch mal anruft, sage ich ihm, ich habe die Hand gebrochen."

„Und ich behaupte, ich sei erblindet", grinse ich.

„Vielleicht kommen wir so zu den Paralympics", kichert Solli. Ich muss auch lachen. So schlimm ist der Vormittag gar nicht.

SARAH Im Gymnasium ist es langweilig. Es gibt nicht einen interessanten Jungen. Gut, ich sitze neben Marie, mit der ich fast befreundet bin. Ich war einmal auf einer Party von Marie. Ihre Mutter hatte Lachsschnittchen und Sekt-Mousse gemacht. Es waren ein paar Freunde von Maries Bruder da. Studenten, die wohl froh waren, mal aus ihren Physiklaboren herauszukommen. Gegen zwölf Uhr bin ich gegangen.

Aber manchmal wäre ich gern richtig mit Marie befreundet. Sie braucht nur durch die Klasse zu gehen. Sie weiß, wer sie ist. Wie sie immer so sicher urteilt: Sie weiß genau, was gut ist, was scheiße ist. Und sie ist großzügig. Sie kann sich das leisten.

Und obwohl ich irgendwie froh war, auf der Party bei ihr zu sein, fühlte ich mich nicht gut. Zum Beispiel hatten zwei Jungs eine Digitalkamera. Zuerst merkte ich nicht, dass sie mich filmten. Später meinte einer von ihnen, ich solle mal was in die Kamera sagen. Ich hätte so einen lustigen Dialekt. Ich habe mich gefühlt wie ein Bauerntrampel. Dabei stimmt das mit dem Dialekt gar nicht! Ich spreche so, wie alle hier sprechen. Vielleicht rollen wir das R ein bisschen übertrieben. Aber das ist doch noch kein Dialekt!

Wir haben Geschichte. Es ist langweilig. Ich wäre viel lieber in der Realschule, in der auch Jenny ist. Aber das wollen meine Eltern nicht. Mein Vater hat schließlich auch studiert. Und meine Mutter beinahe auch. Wenn ich nicht dazwischengekommen wäre.

„Sarah, träumst du?“, fragt die Blecker-Strack.

„Ich habe nicht zugehört“, sage ich. Dazu senke ich meinen Kopf, als täte mir das wirklich leid.

Die Blecker-Strack zieht ihr genervtes Gesicht, bei dem sich ihr Mund aufwölbt und kräuselt. Sie sieht dann aus wie ein beleidigter Fisch.

„Lies bitte vor!“, sagt sie mit ihren Fischlippen.

Marie zeigt mir die Stelle im Buch.

Die ganze Zeit habe ich das Gefühl, ich müsse in Tränen ausbrechen. Meine Stimme quakt, als sei ich ein Frosch.

MOMO Die Müller ist unsere Klassenlehrerin, eine unheimlich aufgeblasene Kuh.

„Und du, Monika? Wie sehen deine Pläne aus?“, flötet sie. Sie hält sich für verständnisvoll und will, dass wir sie als eine Art ältere Schwester sehen. Unheimlich gerne erzählt sie von ihrer tollen Studienzeit. Da war was los! Das können wir uns gar nicht vorstellen!

Na ja, Jenny und ich können uns wirklich nicht vorstellen, wie die Müller was losgemacht hat. Aber egal. Meine Pläne gehen die Müller jedenfalls nichts an, schon gar nicht montagmorgens. Oder soll ich erzählen, dass ich zum Olympia-Stützpunkt nach Berlin gehe? Dass meine Zeiten stimmen und ich nur noch den Medizin-Check beim Landesverband brauche?

„Bei meiner Mutter in der Kaufhalle könnte ich eine Ausbildung machen“, erzähle ich ihr. Das ist natürlich gelogen, aber egal.

„Aha“, macht die Müller. Dann fragt sie Jenny.

Jenny zuckt mit den Schultern.

„Mein Vater hat da was in Aussicht, in einer Gärtnerei.“

Damit ist die Müller zufrieden.

JENNY „Hallo, Solli, was macht deine Hand?“, frage ich. Im gleichen Moment könnte ich mich ohrfeigen, denn seinen Witz beim Wettkampf hat Solli bestimmt schon längst vergessen.

„Hm?“, macht er auf der anderen Seite des Telefons.

„Hier ist Jenny. Wie geht’s?“, werde ich förmlicher.

„Ach, Jenny. Wir hängen hier so ein bisschen rum. Nix Besonderes“, meint Solli. Aber seine Stimme klingt nett.

„Hm, wo seid ihr denn? Ich mache hier auch nichts Besonderes.“

Solli lacht. Hoffentlich ist er bekifft.

„Ist was mit dem Verein?“, fragt Solli.

„Nein, nein. Ich dachte, ich melde mich mal.“

„Hm.“

„Na ja, ich dachte, du könntest mir was besorgen“, sage ich. Das ist meine Trumpfkarte. Ich habe noch Geld von meinem Geburtstag.

„Klar“, meint Solli. Dann höre ich ihn mit anderen Stimmen verhandeln.

„Komm doch einfach vorbei“, schlägt Solli vor.

Er erklärt mir den Weg und eine Stunde später sitze ich mit einem Joint in der Hand auf Ettes altem Cord-Sofa.

Außer Solli sind Ticker, ein blasser dünner Junge mit riesigen Augen, und Pascal da, den ich aus der Grundschule kenne. Und Ette natürlich, dem die Wohnung gehört.

Ette kennen alle. Na ja, alle kennen eigentlich den älteren Bruder, zumindest dem Namen nach. Soviel ich weiß, ist er inzwischen im Knast, von seinem eigenen Vater angezeigt. Wegen Drogen und Schlägereien, jedenfalls heißt es so. Ette hat's dann einfach nicht mehr ausgehalten und ist ausgezogen. Die Wohnung gehörte früher seiner Oma. Angeblich zahlen seine Eltern noch nicht mal seinen Unterhalt. Essen und Trinken und so. Dabei haben die echt Geld.

Wir rauchen und kichern. Sie lachen über meine Witze. Über meine Worte, wenn ich von meinem tollen Bruder erzähle oder über meinen Misserfolg beim Wettkampf.

Es ist sofort klar, was meine Rolle ist. Fast genau wie in der Schule. Die Dicke, die ein guter Kumpel ist. Aber kein echtes Mädchen. Also keine, in die man sich verknallt.

Und ich bewundere sie. Sie haben manchmal Probleme mit der Polizei, aber das ist ihnen egal. Sie lachen darüber.

Ette ist ganz klar der Chef im Ring. Er wiegt das Gras ab und gibt es mir. Er rollt den Joint und zündet ihn an. Ticker ist sein bester Kumpel. Er ist einfach von zu Hause weg und wohnt jetzt auch hier.

„Bloß weg!“, ruft er mehrmals. Wir hören Hip-Hop und plötzlich nimmt Ticker eine leere Bierflasche und hält sie wie ein Mikrofon: „Jo, ey, bloß weg, das war mein Ziel und zu leben kostet nicht viel. Ein bisschen Gras, ein bisschen Spaß und alle sind ganz happy, jo.“

„Eppi-leppi, aber happy!“, ruft Solli dazwischen.

„Wir sind eppi-leppi!“, schreit Ticker.

„Wir sind happy, eppi-heppi-leppi!“

„Wir sind eppi-eppi-eppi!“

„Leppi-leppi-leppi!“

„Ein bisschen Gras, ein bisschen Spaß!“

Dann fällt Ticker zurück auf das Sofa und kringelt sich vor Lachen. Pascal haut ihm begeistert auf den Rücken. Solli schreit noch mal: „Ein bisschen Gras, ein bisschen Spaß!“

Ette lächelt nicht mal. Ich sehe ihn nur aus den Augenwinkeln an. Er wirkt anders als die lachenden Jungs.

ETTE „Was ist denn mit der, die vor ein paar Wochen hier war?“, fragt Solli.

„Wer?“, frage ich zurück.

„Na, die auch morgens noch hier war“, fügt Ticker hinzu. Solli grinst.

Ich könnte beiden in die Fresse hauen.

„Die war jedenfalls besser als die Fette, die du letztens angeschleppt hast“, sage ich zu Solli.

„Hey, das war eine Kundin. Ich habe nichts mit Jenny, das ist ja wohl klar.“

Aber Solli wird rot. Soll ich was dazu sagen, dass er rot wird bis unter seinen gegelten Igelschnitt?

„Wenn wir nächste Woche hier Party machen, sollen auch ein paar richtig gute Weiber kommen", meint Ticker.

Ticker wohnt jetzt ständig bei mir. Ich habe nichts dagegen. Wir kriegen zusammen mehr Kohle rein und er scheint Ordnung gerne zu haben. Jedenfalls spült er oft und räumt auf. Das Wohnzimmer ist jetzt immer schön sauber.

„Hm", mache ich.

„Vielleicht hat Jenny ja ein paar Freundinnen", meint Solli.

„Wenn dann aber nur so fette Monster auf dem Sofa sitzen ...", sage ich.

Ticker verzieht den Mund zu einem dreckigen Grinsen.

„Frag sie, ob sie schlanke Freundinnen hat", sage ich zu Solli.

MOMO Jenny holt mich vom Training ab. Wahrscheinlich hat ihre neue beste Freundin, diese Sarah, keine Zeit. Seit sie öfter abends mit Sarah weggeht, sieht Jenny auch tagsüber verändert aus. Sie schminkt sich und macht sich immer lange Gehänge in die Ohren, sodass sie wie ein Pfingstochse wirkt. In den meisten Gesprächen mit ihr geht es neuerdings ums Abnehmen.

Okay, sie hat ein paar Kilo zu viel, aber das würde sie

mit Sport und Krafttraining ganz leicht wegbekommen.

Jedenfalls baumeln heute rote Glassteine um ihre Kieferknochen, während sie in ihr Dönerbrötchen beißt.

„Ich brauche in jedem Fall ein neues Teil! Etwas in Türkis oder meinst du, die Farbe steht mir nicht?“, kaut sie vor sich hin.

Ich zucke mit den Schultern. Die Schwimmhalle liegt ziemlich weit oben auf dem Berg. Es ist ein kalter klarer Tag. Von hier aus kann man sehen, dass die Tannen auf den umliegenden Hügeln mit Schnee gepudert sind. Die Stadt ist klein dagegen. Ich schlinge mir ein Handtuch um den Hals und bleibe noch für einen Moment stehen. Es sieht so schön aus.

„Kommst du jetzt mit?“, fragt Jenny ungeduldig.

„Ich weiß nicht“, sage ich. Ich habe keine Lust aufs Shoppen, wie Jenny das nennt. Als ob man in dieser Stadt shoppen könnte. Es gibt eine Fußgängerzone mit einer Eisdiele, einer Pizzeria und einem Laden, in dem Frauen wie meine Mutter ihre Blusen kaufen.

Und weiter unten, neben dem Billigen Jakob („Alles für einen Euro!“) hat ein Geschäft aufgemacht, das Jeans und T-Shirts verkauft und sich hochtrabend „Jeansboutique“ nennt.

Wir gehen also in die „Jeansboutique“. Die Verkäuferin heißt Melanie. Sie war ein paar Klassen über uns.

„Hallöchen!“, macht Melanie.

Ich nicke nur, aber Jenny macht „Hallöchen!“ zurück und schildert dann ihre Wünsche.

Ihre roten Steinchen schlenkern aufgeregt durch die Luft.

„Oh, da haben wir etwas Passendes. Sieh mal hier!"

Melanie zaubert etwas aus dem Regal, das wie ein türkisfarbener Mopp aussieht. Nur, dass ein Mopp aus mehr Stoff besteht.

„Ist das nicht ein bisschen viel Frottee?", frage ich.

Melanie sieht mich an, als hätte ich ihre Mutter beleidigt.

„Ich probier's mal an", flötet Jenny mit ihrer „Hallöchen"-Stimme.

Jenny sieht darin aus wie eine Frotteewurst.

„Toll!", meint Melanie. „Und da sieht man endlich mal, was du hast!"

Sie zupft an Jennys Dekolleté. Jenny streckt probeweise ihren Busen nach vorne. Sie betrachtet sich im Spiegel.

Dann schaut sie auf mich.

„Versprich mir, dass du am Samstag nicht in deiner Trainingsjacke kommst!", sagt sie. „Nicht zu dieser Party! Es ist zu wichtig!"

Ich nicke. Plötzlich habe ich Lust auf eine Zigarette.

ETTE Meine Wohnung ist gut voll. Voller Frauen, voller Musik, voller Qualm. Ich stehe am Fenster und schaue, wer noch alles kommt. Wenn es eine Party gibt, bei der man gewesen sein muss, dann ist es meine. Ich meine, es gibt Partys von Schäfchen, bei denen man sich zu Tode langweilt, und dann gibt es Partys wie diese hier, bei denen geht alles zack-zack-zack! Kein Essen mehr da? Dann holen wir Pizzas, kein Problem! Klar gibt's auch was zum Einwerfen, müsst ihr nur Ette fragen. Mädels? Sind genug auf dem Sofa! Setz dich dazu, nimm einen Zug von der Shisha und entspann dich!

Diese Jenny hat eine Kleine mitgebracht, eine mit riesigen Augen und einem Kämpfergesicht. Diese Schwimmerin. Nicht hübsch, das nicht. Obwohl, als sie sich umdreht und etwas zu Jenny sagt und man ihren schmalen Nacken und darunter diese Muskeln am Rücken sieht, ist sie doch hübsch. Alle Mädchen sind hübsch, wenn sie sich gerade halten, so wie diese, und sich bewegen wie ein Raubtier. Ich stoße mich von der Wand ab und gehe ihr entgegen.

MOMO Die Füße tun mir so weh, dass ich gar nicht sagen kann, ob sie zu heiß oder zu kalt sind. Diese verdammten Schuhe gehören meiner Mutter, aber man sieht sie noch nicht mal, weil ich meine beste Jeans darüber angezogen habe. Dazu ein bedrucktes T-Shirt, das mir Tina geschenkt hat, weil es ihr zu klein geworden ist. Der schwarze Stoff spannt mir an den Oberarmen, nicht am Busen. Kein Mädchen hier ist so flach wie ich.

Jenny trägt tatsächlich ihre Frotteewurst. Aber Sarah sieht wirklich toll aus, wie ein Model, ganz strahlende Zähne und Augen und sonnengebräunte Schultern. Alle starren sie an.

„Auch ein Bier?", fragt Ette, der Gastgeber.

Er ist klein, nur ein paar Zentimeter größer als ich,

und muskulös. Sein Haar ist kurz. Seine Stimme ist größer als sein Körper, erwachsen.

„Lieber Wasser“, sage ich.

Er grinst. Dann nimmt er sein Handy und tippt eine Nummer ein.

„Bringt ihr Mineralwasser mit? Eine schöne Frau hat Durst.“ Während er in das Plastikteil spricht, schaut, nein, starrt er mir in die Augen.

„Leitungswasser tut's auch“, sage ich. Er spielt zu sehr die schlechten Filme nach, die er wahrscheinlich ständig guckt.

„Nein, schöne Frau, warte nur fünf Minuten“, sagt er und zeigt seine Zähne. Das soll wahrscheinlich ein Lächeln sein.

„Ist schon gut.“

„Nein, nur einen Moment.“

Ich will an ihm vorbeigehen, doch er stellt sich mir scheinbar lässig in den Weg. Er braucht tatsächlich nur eine winzige Drehung seiner Hüfte, um mir den Weg dicht zu machen.

„Warte einen Moment.“

Da klingelt es. Solli und Pascal schleppen mehrere Plastiktüten und Pizzakartons.

„Das Wasser?“, fragt Ette. Es ist ein Befehl.

Solli nimmt sofort eine Flasche und gießt ein großes Glas voll. Ette nimmt es, bevor ich es nehmen kann.

„Hier, für dich.“

Der Typ hat sie nicht mehr alle.

JENNY Und für diesen Mist habe ich mein letztes Weihnachtsgeld ausgegeben, 20 Euro für Gras und 15 Euro in der Jeansboutique. Um in einem T-Shirt aus Frottee, das mich inzwischen an einen Schafanzug erinnert, auf einem alten Sofa zu sitzen und Miss Marple zu schauen! Ohne Ton, was angeblich wahnsinnig lustig ist. Das hätte ich auch zu Hause haben können. Sarah kichert mit Ticker rum. Momo dagegen macht einen genervten Eindruck. Ettes Gequatsche interessiert sie überhaupt nicht. Wahrscheinlich haut sie gleich schon wieder ab, weil sie morgen schwimmen muss.

Ich nehme den Joint, den Ticker gedreht hat, und ziehe daran.

SARAH Im Fernseher läuft ein alter Spielfilm in Schwarz-Weiß, den sich Ticker und Jenny ansehen. Beide ein bisschen bekifft.

Ich setze mich zwischen sie. Ticker lässt sich gegen mich fallen, albern zuerst, und dann knutschen wir irgendwie ein bisschen.

Solli und Pascal kommen und haben Fertigpizza von der Tanke mitgebracht. Ticker steht sofort auf, als sie ihn rufen. Ob er Hunger habe? Ich höre ihn mit Pascal in der Küche lachen. Es ist also nur ein bisschen Rumknutschen gewesen. Nichts Besonderes nach einem Joint, nur ein bisschen nett zueinander sein, weil man breit ist.

Ich sehe weiter auf den Fernseher. Bin ganz plötzlich nüchtern. Überlege, wann ich gehen könnte, ohne dass es beleidigt aussieht. Jenny schläft, gegen meine Schulter gelehnt.

Später steht Ticker in der Küche herum und raucht noch etwas Gras. Er scheint nachdenklich, hat keine Lust zu reden, gibt mir einsilbige Antworten. Ich stehe neben ihm und versuche, mit meinem Unterarm seinen Unterarm zu berühren. So, dass es wie zufällig aussieht. Die anderen verschwinden, einer nach dem anderen, aus der Küche.

Jenny geht nach Hause. Fast alle gehen oder sie sitzen im Wohnzimmer.

Zum Schluss stehen nur noch Ticker und ich da. Er isst ein Stück kalte Pizza. Ich halte mich an einem Glas Leitungswasser fest. Ich warte.

TICKER Wenn ich doch nur sein könnte wie Ette, oder wie diese Schwimmerin oder sogar meinetwegen wie Solli, der mit irgendeiner, die er vor zehn Minuten kennengelernt hat, im Schlafzimmer verschwunden ist. So eine richtig coole Sau. Stattdessen stehe ich hier mit der tollsten Frau von allen und würge an diesem hart gewordenen Käse. Ich kriege keinen Ton heraus. Sarah schaut mich an, ihre Haare hängen um ihr Gesicht, ihre Zähne blitzen zwischen ihren Lippen auf, wenn sie mich anlächelt, und sie lächelt jedes Mal, wenn unsere Blicke sich treffen. Ich muss es irgendwie hinkriegen, sie noch mal zu küssen, aber ich weiß nicht mal, wie ich aufhören soll, diese Pizza zu essen und ihr irgendwas zu sagen. Dass ich sie schön finde, richtig schön, dass ich ihre Haare mag und dass ihr Lächeln mich umwirft. Wir sind zu zweit in der Küche und sie sagt was, was ich nicht richtig verstehe. Sie sucht ihre Jacke, ich gehe einfach hinter ihr her.

SARAH Ticker bringt mich nach Hause. Ich überlege die ganze Zeit, worüber wir reden könnten. Aber egal was ich sage, Ticker brummt nur. Ob zustimmend oder ablehnend, bleibt unklar. Dieses Brummen lässt mich unsicher werden.

Dann denke ich an die Arschlöcher von Physikstudenten mit ihrer blöden Kamera. Die über mich gelacht haben. Ich denke auch an meinen Vater.

Ich nehme Tickers Hand. Vorsichtig zuerst und bereit loszulassen, falls er nicht will.

Aber er nimmt mein Handgelenk, hält es fest und drückt kurz seine Lippen darauf.

Wir gehen Hand in Hand. Ich bin so aufgeregt, ich habe ein ganz helles Gefühl zwischen den Augen, so als würde ich gleich ohnmächtig. Nach dem ganzen Wodka-Red-Bull und den Zigaretten habe ich einen schlechten Geschmack im Mund. Aber jetzt nach einem Kaugummi zu suchen, das ist mir zu peinlich, zu offensichtlich.

Er küsst mich vor der Haustür. Seine Zunge schmeckt nach Pizzagewürz und Rauch. Sein Gesicht ist plötzlich so nah, dass ich seine ungewöhnlich langen Wimpern sehe und seine kleine Narbe am rechten Nasenflügel. Ich werde ganz atemlos bei dem Gedanken, dass auch er mich so nah sehen kann. Das helle Gefühl zwischen den Augen breitet sich aus und rast mir durchs Rückenmark. Meine Knie zittern, ich kann nichts dagegen tun.

Dann lässt er mich los.

Er wirkt fertig, kleine Augen, große Schatten darunter. Trotzdem süß.

Er grinst, etwas schüchtern. Dann senkt er beide Hände tief in die Taschen seiner Jacke und macht sich davon. Nach ein paar Schritten tänzelt er, dreht sich noch mal um und grüßt mich mit einem Anheben seines Kinns. Ich winke zurück. Mein Gesicht zieht sich zu einem riesigen Lächeln auseinander.

Obwohl meine total verheulte Mutter noch auf ist und mich anschreit und wissen will, warum ich erst um drei Uhr am Morgen nach Hause komme, bin ich glücklich.

Mama wartet mal wieder auf Papa. Er kommt nicht. Es ist wieder so eine Phase. Das macht Papa alle paar Monate. Er schläft dann woanders. Mama schläft überhaupt nicht. Sie sitzt die ganze Nacht im Wohnzimmer, sieht sich Verkaufskanäle an und trinkt mehr, als sie verträgt.

Aber in dieser Nacht ist es mir egal. Soll sie doch ihre Wut auf ihn an mir auslassen! Es ist mir egal! Meine Füße treten die Bettdecke hoch in die Luft vor Glück.

Mama wartet. Die Kaffeemaschine gurgelt. Mama braucht Koffein.

ETTE Ich liege auf dem Bett und neben mir liegt ein Mädchen, das ich nicht kenne. Auf meinem Handy ist es vier Uhr morgens.

Ich bin als Einziger wach. Ich kann die Party noch riechen, die Zigaretten, die umgekippten Bierflaschen, den Wodka, den wir gestern Nachmittag bei Lidl haben mitgehen lassen, das Gras. Ich rieche sogar das Shampoo des Mädchens, Pfirsich und etwas Chemisches, dazu ihr Alkoholatem.

Ich bin das Auge eines gewaltigen Wirbelsturms gewesen, eines Orkans, der durch diese Stadt gezogen ist, immer auf der Suche nach etwas, das sich mir in den Weg stellt.

Meine Beine ziehen sich zusammen, wenn ich daran denke. Ich spüre meinen Schwanz.

Das Mädchen neben mir ist hässlich. Die meisten sind hässlich, wenn sie schlafen. Ich kann ihre dunklen Zahnfüllungen sehen. Sie hat ein Doppelkinn und sieht fertig aus, so als sei sie alt. Sie ist höchstens sechzehn.

Jetzt hat sich der Sturm gelegt und ich bin als Einziger wach. Meine Hände sind kalt und meine Füße auch. Ich rutsche näher an das fremde Mädchen, berühre ihre kleinen Titten.

„Bleib", flüstere ich in ihre Pfirsichhaare. „Bleib einfach ein bisschen so liegen."

Ihr Rücken entspannt sich wieder. Meine Füße strecken sich gegen ihre. Sie trägt Socken.

„Ich will nichts machen. Mir ist nur kalt", flüstere ich weiter.

Das Mädchen wendet sich mir zu und umfängt mich mit ihren Armen. Ich küsse ihr T-Shirt dort, wo ihr

Schlüsselbein ist. Ihre Augen sind geöffnet. Ihr Atem riecht nach dem Bier von gestern Abend.

Solli dreht sich auf den Rücken. Seine Augen sind zu. Ich hoffe, er hat mich nicht gehört.

Ich mache mich los. Ich muss sowieso mal pissen. Im Bad nehme ich ein bisschen Speed.

Dann gehe ich zurück und setze mich in den Sessel. Sie schläft oder sie tut so, keine Ahnung. Ist auch egal. Sie liegen mir alle zu Füßen, so als sei ich ein König.

MOMO Regentropfen auf den Dachfenstern. Benders quadratische Hände dehnen meine Schultern.

„Die Taxacher wird von vorne schwimmen wollen. Lass dich auf nichts ein", brummelt er an meinem Ohr.

„Ja, ich weiß", sage ich.

Tina dreht ihren Hals, streckt ihn in die Höhe, drückt das Kinn nach hinten, holt Luft in die Brust wie ein Hund, mit ausgestreckter Zunge.

„Die Taxacher kann nach Hause gehen", sage ich zu ihr. „Die braucht gar nicht ins Becken zu steigen."

Sie hält sich ein Nasenloch zu und atmet mit dem anderen, dann wechselt sie. Sie schweigt, auf ihre Atemübungen konzentriert.

„Lasst euch nicht verführen! Wenn sie anzieht, bleibt locker." Bender gibt Tina ihr Handtuch.

Irina Taxacher ist hier, um gegen mich zu schwimmen, um mich zu schlagen. Die Wettkämpfe finden in der Trainingshalle ihres Vereins statt. Es geht um viel,

Bender will den Landestrainer gesehen haben. Ich will nach Berlin.

„Zum Schluss machst du Druck. Schwimm alles, drück einfach alles raus."

Ich klapse Tina auf die Schulter. Ihr Kiefer bewegt sich nicht, der Mund ist betoniert.

Dann stehen wir auf den Startblöcken. Ich bin Bahn vier, Tina die Sechs, dazwischen die Taxacher. Sie hat Schultern wie ein Atompilz.

Wir fliegen ins Wasser, die Taxacher zieht vorbei, ich versuche dranzubleiben, finde keinen Rhythmus, halte einfach nur dagegen wie eine Anfängerin. Die erste Wende, unter Wasser sehe ich ihre Füße, riesige Paddel. Reiße mich hoch, schnappe nach Luft, und runter und hoch und wieder runter. In der zweiten Bahn starre ich auf die Kacheln, zähle einfach nur die Züge. Takt, Takt, Takt. Die dritte Bahn geht besser, die Atomschultern vor mir, aber ich schwimme.

Auf der vierten Bahn erhöhe ich die Kraft, ohne meinen Rhythmus zu verlieren. Alle Muskeln nach außen, alles muss raus. Zorn. Nach etwa fünf Zügen bin ich an ihr dran. Weiter. Aber sie kämpft, der Atompilz geht mit Wucht zum Himmel. Ich bin flacher, schneller im Wasser. Den Mund weit offen. Ich schreie, als ich anschlage. Ich weiß es, bevor ich ihre Gesichter sehe. Ich habe sie alle geschlagen, Irina Taxacher, Tina und die anderen auf den Außenbahnen.

„Scheiße", sage ich zum Wasser. Ich bin die Beste.

TICKER Ich rufe von einer Telefonzelle aus ein Taxi und bestelle es zu den Siedlungshäusern, zu denen, die den Garten zur Straße hin haben.

Mit den Händen in den Taschen warten wir an der Straßenecke. Der Nothammer, den ich gestern im Bus geklaut habe, wiegt schwer in meiner Tasche. Ich streichele mit meinem Daumen über die schwere Spitze. Ob ich damit dem Taxifahrer einen geben kann? Ob ich das machen würde? Nur für den Notfall. Ich sehe kurz zu Ette hinüber. Er kaut nachdenklich an seinem Kaugummi.

Ein kleiner roter Renault biegt um die Ecke. Ich packe den Nothammer fester.

„Los, beweg dich", meint Ette. Er schaut geradeaus.

„Aber unauffällig!" Wir tun so, als liefen wir hier zufällig lang.

Ettes Turnschuhe schlurfen über die Gehwegplatten. Ich halte mich nahe an ihn, bis sein Ellenbogen gegen meinen drückt.

„Nicht so panisch, Mann. Ist es verboten, über die Straße zu laufen?"

Der Renault setzt den linken Blinker und biegt in eine Einfahrt. Ein Mann steigt aus. Er schaut weder rechts noch links, sein Kopf ist nach vorne geschoben, so als würde er einen schweren Rucksack tragen.

„Das Taxi ist da!", flüstert Ticker. Ich blicke mich kurz um.

Da kommt es. Fährt halb auf dem Bürgersteig, ein Mercedes.

Der Fahrer, der aussteigt, ist eine Frau. Ihre Schuhe machen ein klapperndes Geräusch auf den Gehwegplatten.

Wir gehen auf das Taxi zu. Das gelbe Licht des Taxischildes strahlt gegen den Abendhimmel.

Ich drehe mich noch mal um.

Die Taxifahrerin klingelt an einem der Häuser.

Ich mache die Fahrertür auf. Das Portemonnaie liegt auf dem Beifahrersitz. Es fühlt sich warm an, wie ein Tier mit einer weichen Haut.

„Komm schon!“, zischt Ette.

Aus den Augenwinkeln sehe ich, dass die Frau zurückkommt. Sie beginnt zu laufen, als sie uns sieht, ihre Absätze klingen gefährlich. Ich renne, das warme Tier fest in der Hand.

JENNY

Meine Nägel sind sauber und mein Haar ist zu einem ordentlichen Zopf gebunden. Den Lebenslauf und das Bewerbungsschreiben habe ich in eine teure Mappe geheftet. Dazu das Zeugnis vom letzten Sommer, das immerhin Anlass zu Hoffnung gibt, wie mein Vater meint, und ein Foto, auf dem ich wie dreizehn aussehe, aber wie dreizehn und fett.

Wir gehen nach hinten durch. Papa kennt sich hier natürlich aus, er kauft hier viel und duzt sich mit meinem Vielleicht-Chef, Herrn Leyendecker.

„Und das ist also Jenny“, stellt mein Vater mich vor. Natürlich nicht sofort, zuerst wird noch eine Weile über den zu milden Winter geklagt.

Herr Leyendecker gibt mir eine große, warme Hand.

„Du willst also Gärtnerin werden. Kräftig bist du jedenfalls“, sagt er zu mir, als sei das ein Kompliment.

„Ich helfe meinem Vater auch viel“, sage ich. Es hört sich völlig idiotisch an.

„Dann wollen wir mal schauen.“ Er wischt sich seine Hand an der Hose ab, bevor er geschäftig in der Mappe blättert.

„Den Hauptschulabschluss schaffst du?“, fragt er.

„Vielleicht sogar 10B.“ Das ist ziemlich hochgestapelt.

„Das ist so viel wie Realschulabschluss“, erklärt mein Vater.

„Ja, ja. Hauptsache ist, dass du zupacken kannst.“ Er grinst und gibt mir die Mappe zurück.

„Vielleicht kannst du ja in den Osterferien ein paar Tage kommen. Zum Praktikum. Danach sehen wir weiter.“

„Das macht Jenny bestimmt gerne.“

Ich muss schlucken, bevor ich lächeln und mich bedanken kann.

ETTE

Meine Mutter holt mich ab. Ist natürlich nicht leicht für sie, ihren Sohn zu besuchen. Meinen Bruder Harald. Er hat noch ein Jahr. Wir haben seine frische Unterwäsche und seinen Trainingsanzug dabei. Die werden natürlich gefilzt. Dann zahlt meine Mutter Geld auf sein Konto ein, wir werden untersucht und endlich können wir durch die Schleuse.

Harald hat sich einen Bart stehen lassen. Wir reden, über nichts Besonderes. Eine ganze Stunde lang. Er umarmt meine Mutter. Dann mich.

Danach kommt das Schlimmste. Meine Mutter fährt rechts ran. Ich kenne das schon, aber ich weiß nie, was ich machen soll.

Ihr Blick geht durch die Windschutzscheibe, dann schaut sie auf mich. Ihre Lippen sind aufgerissen, der rote Lippenstift blättert ab. Dann weint sie, mit den Händen vor den Augen. Sie weint lange diesmal. Ich lege meine Hand auf ihren Rücken. Scheiße, was soll ich machen? Ich hasse meinen Drecksvater. Er ist an allem schuld.

Aber wenn ich das sage, verteidigt sie ihn. Er hat keinen anderen Ausweg mehr gesehen, um Harald zur Raison zu bringen. Schöner Vater, keinen Ausweg, Drecksarschloch.

SARAH

Ich habe ihn längst kommen sehen. Er geht langsam, den Kopf eingezogen und die Hände in den Taschen.

Ich setze mich wieder an den Schreibtisch, schaue auf die Notizen, die ich mir zur Englischlektüre gemacht habe, und lausche.

Jetzt ist er auf dem Kiesweg zu unserem Haus, jetzt ist er auf den Stufen zur Haustür. Jetzt müsste er klingeln. Ich hole tief Atem und warte. Ich stelle mir vor, wie er da steht, die Hand halb erhoben, über dem Klingelknopf schwebend.

Ich atme langsam aus und schließe die Augen. Ich warte.

Als das Klingeln endlich kommt, erschreckt es mich.

„Ich geh schon!“, rufe ich Mama zu.

Ticker steht vor der Tür, schüchtern grinsend, und ich freue mich einfach nur.

MOMO Der Arzt mag Opa sofort. Ich kann es sehen, während ich auf dem Fahrrad die vorgeschriebene Frequenz halte und tüchtig in die Atemmaske puste. Ich bin aufgeregt.

Jetzt kann mich nur noch ein unentdeckter Herzfehler aufhalten. Oder etwas ähnlich Absurdes. Ich trete etwas schneller, um den Puls schön in der Höhe zu halten.

Opa und der Arzt lachen hinter der Scheibe. Meinen Opa mag einfach jeder.

„Und? Was hat er gesagt?“, flüstere ich Opa zu, als er mir Wasser bringt.

„Es sieht gut aus!“

„Gut oder richtig gut?“

„Er schreibt die Empfehlung.“ Opa zwinkert mit einem Auge.

„Bender wird sich gar nicht mehr einkriegen“, sage ich.

JENNY Herr Sand ist wirklich gekommen und er hat seine Frau dabei. Sein langes Haar ist ordentlich nach hinten gebunden.

Mein Vater schenkt ihm ungefragt ein Bier ein, Frau Sand bekommt ein Wasser.

„So“, sagt er, als er sich setzt.

„Sie wissen bestimmt, dass Jennys Leistungen nicht unbedingt zu einem qualifizierten Abschluss führen“, beginnt er. Ich sitze auf der Stuhlkante.

„Sie ist faul“, bestätigt mein Vater.

„Nun, da sind andere Möglichkeiten für Ihre Tochter. Jenny und ich haben uns ein bisschen umgesehen. Es gibt in Strombach ein Kolleg für Gestaltung. Da könnte sie ihre Fachhochschulreife erwerben.“

Ich halte mein Wasserglas fest. Meine Finger sind klamm.

„Hm, oder sie lernt hier was Vernünftiges“, schlägt mein Vater vor. Er trinkt einen Schluck von seinem Bier.

„Jenny strengt sich ziemlich an. Wenn Sie ihre letzten Zeichnungen gesehen hätten, wüssten Sie das. Und sie wird auch für Strombach arbeiten müssen. Zumindest braucht sie ihren Realschulabschluss und sie muss eine Aufnahmeprüfung machen“, sagt Herr Sand.

Papa schaut ihn über sein Bierglas hinweg an. Dann grinst er, als wüsste er Sachen über Herrn Sand, die Herr Sand selbst nicht weiß.

„Ich wäre bereit, mit Jenny für die Aufnahmeprüfung zu arbeiten. Wir denken, dass es sich lohnt“, beginnt Frau Sand neu. Ihr Haar ist kurz und weiß. Ihr Mund, mit einem bläulichen Rot geschminkt, geht fast von einem Ohr zum anderen.

Für Papa ist sie ein Tier aus einem Zoo.

„Das glaube ich“, sagt Papa. Er lehnt sich zurück. „Aber das ist nichts für meine Tochter.“

„Warum?“, fragt mein Kunstlehrer. „Es ist etwas, was Ihre Tochter sich wirklich wünscht.“

„Herumkünstlern und mal richtig ausschlafen. Das kann ich mir vorstellen“, meint Papa.

„Oh, Papa!“, mache ich.

„Vielleicht ist es das Geld?“, forscht Frau Sand weiter. „Es gibt Möglichkeiten, wie ...“

Papa sieht sie an und in seinem Blick sind sein abbezahltes Haus, sein Garten, sein frisch gewachster Ford Mondeo, die Pokale von Tim und die vollgestopfte Kühltruhe meiner Mutter enthalten.

Die beiden schweigen.

„Papa, bitte“, sage ich.

Er sieht mich an. Es ist eine Prüfung.

„Schützenhaus, jedes Training.“ Das sagt er nur zu mir. „Und den Realschulabschluss brauchst du ja sowieso.“

Dann steht er auf. Die Sands kommen auf die Beine. Er nickt ihnen zu und geht weg, als habe er noch etwas Wichtiges zu tun. Er kann einen wahnsinnig machen.

SARAH Die Hefte werden vom Lottner persönlich ausgeteilt. Ich habe wirklich komplett vergessen, dass wir heute Bio schreiben. Dabei will ich das als Leistungskurs nehmen. Aber gestern war Ticker bei mir und wir haben Musik gehört und geredet, bis Mama gesagt hat, Ticker müsse jetzt nach Hause gehen. Und ich fühlte mich so leicht und fröhlich, dass ich gar nicht mehr daran gedacht habe zu lernen.

Ich sehe zu Marie, aber die ist bereits damit beschäftigt, den Aufgabenzettel zu lesen.

Ich schaue mich weiter um. Überall sehe ich gesenkte Köpfe, Stille, nur die bedächtigen Schritte, mit denen der Lottner langsam durch die Reihen schlendert, sind zu hören.

Ich starre auf das Aufgabenblatt und verstehe nicht mal die Fragen. Was soll ich nur tun? Ich sitze und sitze nur da. Ich versuche, nicht an Ticker zu denken, aber es passiert automatisch.

„Kann ich mal zur Toilette?“, frage ich.

Herr Lottner zieht die Augenbrauen hoch, dann zuckt er mit den Schultern.

„Ist deine Zeit, die läuft.“

Auf der Toilette ist es auch nicht besser. Ich setze mich auf einen Klodeckel. Meine Stirn berührt meine Knie. Ich halte mich selbst im Arm und warte, dass alles vorbeigeht.

ETTE Ich dachte, ich wüsste alles über meinen Vater, also bin ich überrascht, als er vor der Tür steht.

„Lässt du mich rein?“, fragt er und ist schon drin. Verdammt, ich habe nicht aufgeräumt und bestimmt seit zwei Wochen nicht gewaschen. Aber was geht es meinen Alten überhaupt an? Er wollte doch, dass ich abhaue.

Er fängt an mit dem üblichen Blabla. Dass ich nach Hause kommen soll und wir einen neuen Anfang machen. Dass aus mir was werden kann, schlau genug sei ich ja.

Er kotzt mich an.

„Wie es Harald geht, interessiert dich nicht?", frage ich.

Er wird rot im Gesicht und sieht so aus, als wolle er mich schlagen.

Ich würde gerne etwas sagen, damit er es tut. Damit ich ihm die Fresse so richtig polieren kann.

So richtig einer gegen einen. Unter seinem schicken Anzug, unter seinem gebügelten Hemd mit den Manschetten-Knöpfen und seinem bestimmt schneeweißen Unterhemd ist er genauso scharf drauf wie ich. Ich sehe das.

Aber er lässt es. Er legt Geld auf den Tisch, grüne Scheine, mindestens drei. Ich hasse ihn dafür. Er weiß, dass ich ihm das Geld am liebsten hinterherwerfen würde. Aber ich brauche es dringend.

MOMO „So!", sagt die Müller. Sie holt ihren Kuli raus, wirft noch mal einen Blick auf die Uhr und klickt die Mine aus der Spitze.

„Dann schreibe ich mal auf, wo ihr im Praktikum hingeht!"

Jenny meldet sich als Erste. Sie nennt die Gärtnerei. Auch die anderen haben sich um ein Praktikum gekümmert. Ich spüre, wie sich das Grinsen ausbreitet. Ich kann nichts dagegen tun. Bäckerei, Tischlerei, Bank und Blumenladen. Ich muss weiter grinsen.

„Im Schwimmbad. Fachkraft für Bäderwirtschaft heißt der Beruf", sage ich zur Müller. Die schreibt das auf, obwohl ich kichere. Bender hat das für mich geregelt.

Vielleicht ist heute schon die Einladung nach Berlin da, vielleicht morgen, vielleicht erst nächste Woche.

Aber nach den Osterferien kann ich es bestimmt allen erzählen. Ich gehe nach Berlin. Ich habe es schon probeweise gesagt, zu Hause, vor dem Spiegel.

Jenny kramt ein Papier hervor.

„Sieh mal, morgen ist Aufnahmeprüfung!"

„Hey! Toll!" Ich freue mich wirklich für Jenny.

„Gibt es noch irgendwas Wichtiges, Jenny?" Die Müller kann es nicht ausstehen, wenn wir sogenannte Seitengespräche führen.

Jenny geht mit dem Papier nach vorne.

„Na, dann bist du natürlich für morgen entschuldigt!" Sie wünscht Jenny kein Glück, nichts. Typisch.

JENNY „Ich fahre dich natürlich dorthin", sagt mein Papa.

„Oh, bitte nicht!"

„Was ist dabei? Schämst du dich für deinen Vater?"

Wir räumen das Gewächshaus auf, damit wir rechtzeitig mit den Anzuchten beginnen können.

„Natürlich nicht. Aber es wäre dann, als würden wir zu einem Schießen fahren." Ich kann es nicht besser erklären.

„Ist es doch auch. Wie bei einem Wettkampf."

„Es ist zu wichtig. Mama soll mich fahren. Oder ich nehme den Zug." Ich bücke mich, um unter die breiten Bretter des Regals zu kommen.

Papa stützt sich auf seinen Rechen. Ich spüre seinen Blick.

„Es wird ganz schön leise sein, wenn nur noch Tim hier ist."

Ich bücke mich noch tiefer.

„Weißt du, Jenny ...", beginnt mein Vater mit veränderter Stimme. Ich richte mich auf.

„Spül die Pflanzschalen mit Essig aus. Siehst du nicht, dass der Kalk da durchblüht?" Es ist alles wie immer.

SARAH Der Lottner beißt in sein Butterbrot. Es ist Leberwurst drauf, so riecht es jedenfalls. Er hat Pausenaufsicht.

„Und es gibt keine Möglichkeit, dass ich die Arbeit nachschreibe?", frage ich. Ich lächele bittend, mein schönstes Lächeln. Ich weiß, dass der Lottner mich mag.

„Hast du denn ein Attest?", fragt er, nachdem er geschluckt hat.

„Nein, ich bin einfach so zusammengesackt. Die Aufregung, wahrscheinlich."

Er beißt neu ab.

„Ohne Attest muss ich die Arbeit mit ungenügend bewerten."

„Hm." Ich bleibe bei ihm stehen. „Und meine Eltern? Werden Sie die benachrichtigen?"

Er mustert die Kruste seines Leberwurstbrotes.

„Tja, eigentlich schon."

„Bitte tun Sie das nicht." Ich finde mich selbst einen Moment lang ekelhaft, aber ich sage es trotzdem.

„Meine Eltern werden sich scheiden lassen. Die haben genug Stress."

Zum ersten Mal schaut er mich an. Ich weiß, dass ich traurig aussehe.

„War es deshalb?", fragt er.

Ich muss schlucken, ich muss es nicht mal schauspielern.

„Ja", sage ich.

Lottner nickt. „Vielleicht kannst du ein Referat anfertigen. Da kannst du die schriftliche Sechs wenigstens ausgleichen."

„Oh, danke. Das wäre toll!"

TICKER

Es ist stickig. Mein Berufsberater ist ein alter Mann mit gelb gerauchten Zähnen.

Um ihn herum stapeln sich Akten und vertrocknende Topfpflanzen.

„Nun, wenigstens lernen wir uns mal kennen!", sagt er, als er mir die Hand gibt.

Ich nuschele was. Wenn Nina mir nicht den Brief gebracht hätte, wäre ich gar nicht hier. Aber vielleicht kann ich irgendwie ein bisschen Geld verdienen.

Der Berufsberater schaut in seinen Computer.

„Sie haben keinen Abschluss?", fragt er.

„Nein."

„Und was haben Sie zwischen Schule und heute gemacht?“

Ich zucke die Schultern.

„Ich war mal in einer Maßnahme. Mit Holz. Da haben sie uns gesagt, wir könnten eine Ausbildung machen.“

Er klimpert weiter auf seinen Tasten herum.

„Nun, Ihr Maßnahmebesuch war wohl ziemlich unregelmäßig.“

„Hm.“

„Aber vielleicht könnten Sie sich etwas anderes vorstellen. Keine Ausbildung, sondern eine Maßnahme, um ins Arbeitsleben eingegliedert zu werden.“

„Ja?“, frage ich.

„Dann würde ich Sie an die Arbeitsvermittlung weiterleiten. Die machen dann einen Termin mit Ihnen“, sagt er.

Ich zucke mit den Schultern. Was soll ich eigentlich hier?

JENNY Dunkle Gänge voller gespannter Gesichter. Alle – außer mir natürlich – wissen genau, wohin sie wollen, was sie zu tun haben und was sie erwartet. Sie sind schlank und selbstsicher, jedes Haar liegt an der richtigen Stelle, jede Jeans sitzt genau so um die Hüften, dass ich gerade so ein bisschen braune Haut sehen kann. Jedes T-Shirt betont die Linie von Busen und Rippen. Sie sehen so perfekt aus mit ihren glänzend geschminkten Lippen und nach oben gebogenen

Wimpern. Und sie sehen so verdammt künstlerisch aus.

Ich laufe dazwischen, als sei ich eine Ameise, die in den falschen Haufen geraten ist. Mein Bauch ist panisch, meine Blase voll Urin. Als ich endlich die Toilette finde, sind dort noch mehr von diesen Mädchen. Ich dränge an ihnen vorbei in eine Kabine. Als ich endlich auf der Brille sitze, kann ich es nur noch laufen lassen. Es ist mir so peinlich. Alle können es hören und ich rücke hin und her, um das plätschernde Geräusch des Urinstrahls zu dämpfen, aber es geht nicht.

Als ich wieder aus der Kabine komme, habe ich das Gefühl, ich werde von allen angestarrt.

Dann kommen wir endlich in den großen Klassenraum, in dem wir unsere Prüfung haben. Auf jedem Zweiertisch stehen geschliffene Gläser, dazu weiches Zeichenpapier und Stifte.

Ich sehe mich weiter um. Verdammt, ich bin die Fetteste in diesem Raum. Und ich habe die Hände voller Schweiß.

Ein kleiner Mann mit einer Hornbrille wartet geduldig, bis alle sitzen. Dann sieht er auf, nimmt eines der Gläser und hält es gegen das Licht. Das geschliffene Kristall fängt die Strahlen auf. Er begrüßt die Teilnehmer an der Aufnahmeprüfung, den Blick immer noch auf das Glas gerichtet.

„Jetzt schreiben Sie bitte Ihren Namen auf das Blatt. Und nun möchte ich Sie bitten, das Kristallglas, das vor Ihnen steht, möglichst genau abzumalen."

Ich wische meine schweißigen Hände an meiner Jeans ab. Das Mädchen neben mir spitzt bereits seinen Bleistift.

„Das habe ich zu Hause geübt. Ich wusste, dass so etwas drankommt“, sagt sie zu mir.

Was ich an Feuchtigkeit an den Händen zu viel habe, habe ich im Mund zu wenig. Ich will etwas sagen, aber aus meinem Mund kommt nur ein Ächzen.

MOMO Ich schaue mir die Vorläufe zur EM auf Eurosport an und natürlich quatscht Jenny dauernd dazwischen, die wissen will, ob sie sich die Nägel lackieren soll.

Am liebsten sehe ich die Zeitlupen, um die Technik zu studieren. Ich würde mich gerne mal unter Wasser filmen lassen, nur um meine Technik mal zu sehen.

„Eigentlich sind lackierte Nägel total unpraktisch, aber irgendwie hat das schon was ...“, überlegt Jenny weiter.

Die Holländerin schwimmt stark, unglaublich stark, besonders vor heimischem Publikum. Sie ist schon weit in den Zwanzigern, aber es gibt auch welche, die sind nur zwei oder drei Jahre älter als ich. Und schwimmen bei der Europameisterschaft mit.

„Hast du gesehen, wie sie das durchgezogen hat?“, frage ich Jenny aufgeregt.

„Äh ... nein. Aber wir sollten uns langsam fertig machen. Für die Party! Ich sage dir, das wird die beste Party, die es in diesem Jahr gibt!“

„Lass mich schnell noch die 50 m Brust sehen!“

Jenny rollt mit den Augen.

ETTE Das Gras, das wir gekauft haben – ich hatte da ein ganz gutes Angebot –, ist ordentlich in kleine Päckchen gepackt. Meine Hände riechen danach. Lecker und frisch. Ich mag das. Partyvorbereitungen. Pillen, Speed, Gras. Die ganze Palette, die ein guter Geschäftsmann zu bieten hat. Darum geht es doch. Geschäfte.

Die Gymnasiumsärsche werden uns lieben. Sie werden es nehmen und sagen, dass es das Beste ist, was sie jemals genommen haben. Sie werden wiederkommen und mehr wollen. Sie werden sich um meine Handynummer streiten, leise und gepflegt, wie es diese Ärsche wahrscheinlich immer tun.

Wenn ich alle Päckchen verkaufe, habe ich einen Reinerlös von vierhundert Euro. Von diesen vierhundert Euro kann ich zweihundert abzweigen, um mehr zu kaufen, und dann noch mal zweihundert, oder sogar zweihundertfünfzig.

In einem Monat kann ich genauso viel Geld verdienen wie mein Alter. Und das mit siebzehn.

JENNY Es ist abends, kurz nach acht, und ich ziehe meine helle Hose und das neue Shirt mit den Pailletten an. Mein Haar ist frisch gewaschen und fast trocken geföhnt.

Momo raucht zum Fenster hinaus, während wir warten, dass das Bügeleisen heiß wird. Dann bügelt sie meine Haare glatt.

Momo riecht nach Kokos und ich rieche nach Vanille. Nach einem wilden Abend, nach etwas Süßem, nach Sehnsucht.

Wir schminken uns mit hellem Lidschatten und viel Lipgloss. Wir machen uns schön, richtig schön.

Sarah macht sich allein zurecht. Sie ist die Schönste. Weil sie verliebt ist, sieht sie noch schöner aus.

Es ist eng im Auto. Wir sind drei Mädchen, wunderschöne Mädchen. Sogar ich. Obwohl ich eigentlich zu dick bin. Sarah, Jenny und Momo. In dieser Reihenfolge.

SARAH

Wir sind unterwegs zur Grillhütte am Silbersee, in Sollis altem Saab. Die Nacht vibriert und flüstert. Ich kann meine Schultern und meine Taille fühlen, dort, wo Ticker mich vorhin angefasst hat. Ich bin schüchtern. Ich kann nicht weiter. Ich kann nur hinten in diesem Auto sitzen und auf Tickers Kieferlinie starren, die sich hell gegen die Windschutzscheibe abhebt.

Er ist eine Sucht, eine Droge. Das helle Gefühl zwischen meinen Augen wächst und übergießt alles, was ich sonst noch denke, mit einem Flüstern, das immer nur seinen Namen sagt, immer nur seinen Namen. Andere reden mit mir und starren mich an. Ich weiß, dass ich leuchte. Aber ich höre sie kaum, nur undeutliches Rauschen.

Und wenn Ticker in meiner Nähe ist, versuche ich so zu tun, als sei ich noch die Sarah, die alle kennen. In Wirklichkeit bin ich nirgends und überall.

Das Auto rollt durch die Nacht. Mein Herz klopft, meine Hände sind feucht, meine Augen sind offen. Ich leuchte, ich spüre das Rauschende meines Körpers.

TICKER Ich starre. Sarah sieht wunderschön aus. Ich kann die ganze Zeit, während wir Gras verkaufen und der Scheißband dieser Gymnasiums-Arschgeigen zuhören, nur daran denken, dass sie meine Hand genommen und neben mir gegangen ist. Ich will das wieder tun. Ich will wieder, dass ihr Blick mir sagt, dass ich richtig bin, dass ich das Richtige tue. Ich will sie anfassen. Ich will mit ihr weggehen, richtig weg.

„Schlaf nicht ein!“, sagt Ette von hinten in mein Ohr. Er lehnt sich gegen meinen Rücken.

Unwillkürlich bewege ich meine Schulterblätter. Etwas Hartes stößt an meine Rippen.

„Das ist eine Waffe“, flüstert Ette. Für einen Moment denke ich, ich hätte mich verhört.

Ich drehe mich zu ihm um. Seine kleinen Zähne blitzen im Dunkeln. Da ist natürlich keine Waffe, nur die kühle Öffnung einer Bierflasche.

„Wir sind geschäftlich hier, vergiss das nicht, klar?“

„Hey, glaubst du, ich bin behindert?“, frage ich. Natürlich sind wir geschäftlich hier. Und Ette würde besser nicht so viel Zeug nehmen. Schlecht fürs Geschäft. Aber ich halte meinen Mund.

MOMO Ich lehne etwas abseits am rauchigen Kamin und sehe zu. Viele tanzen, obwohl das Stück eigentlich keinen durchgehenden Rhythmus hat. Ich kann Jenny erkennen, die verschwitzt und lachend ihre Arme durch die Luft wirft. Sie macht Späße mit Solli und Ticker.

Noch mindestens eine Stunde muss ich hier rumstehen, bevor Tim uns abholt. Ich bin müde, habe ein anstrengendes Training hinter mir. Was sollen diese Partys überhaupt? Es ist kalt und zugig, die Musik ist schlecht und überall in den Ecken hängen besoffene Pärchen, die sich befummeln. Es riecht nach feuchtem Holz und verschüttetem Bier. Meine Daunenjacke liegt ganz unten im Haufen, ich erkenne sie am Emblem vom Schwimmverein. Draußen ist kalte Märzluft. Es regnet, das tut gut.

ETTE Geschäfte, Geschäfte, aber es läuft nicht gut. Einer kauft Gras für einen Zwanni, einer für einen Fuffi.

„Ich hab auch was zum Einwerfen“, sage ich zu einem, den ich vom Sehen kenne.

„Nein, kein Bedarf.“

„Ich geb dir meine Handy-Nummer.“ Ich sollte Visitenkarten drucken lassen.

Die Schwimmerin geht an mir vorbei, mit ihrem geraden Rücken, als würde sie mich nicht kennen, eher dreht sie noch den Kopf in die andere Richtung. Dann ist sie durch die Tür.

„Warte mal!“, sage ich. Kann schon sein, dass ich den Gymnasiums-Spasti ein bisschen zu fest am Arm festhalte.

„Nee, lass mal, ist schon okay“, meint er. Er dreht sich weg, grinst schon irgendeine von den doofen Weibern hier an.

Auf dem Weg nach draußen quatscht mich der Nächste an, will irgendwas und nuschelt auch noch dabei. Ich schieb ihn weg. Ich hab plötzlich so eine Scheißwut in mir.

SARAH Marie und Paul treten auf wie ein königliches Paar. Die Leute machen ihnen Platz, damit Paul besser mit den Sekt-Kartons durchkommt. Marie trägt eine perfekte Jeans und dazu einen Pulli aus dünner, glatter Wolle. Wahrscheinlich Kaschmir oder so etwas. Sie ist fantastisch geschminkt. Jetzt geht sie an Ticker vorbei, ohne ihn zu beachten, und an Ette. Ettes Augen ziehen sich kurz zusammen, so als suche er ein Opfer. Marie lächelt ihn an, wie sie alle aus ihrem Hofstaat anlächelt.

ETTE Ich spüre das Koks, ich spüre mein Blut. Meine Beine wollen treten, ich will nah an einem Körper sein und die ausweichenden Bewegungen unter meinen Händen spüren, den Gegendruck, den der andere erzeugt. Jeder Mensch hat einen gewissen Abstand, den er zu anderen hält, und diese Marie weiß das nicht. Als würden wir uns nicht kennen, noch aus der Grundschule.

Wenn ich wirklich gewollt hätte, könnte ich genauso wie sie alle hier stehen und diese schmalzige Charts-Musik gut finden. Ich hätte mich bloß dafür entscheiden müssen, hätte „Ja, Papa“ und „Nein, Papa“ sagen müssen. „Du hast recht, Papa, mit deinem abbezahlten Eigenheim und deinem Scheiß-Mercedes.“ Hab ich aber nicht gemacht. Ich bin gegangen und ich bin auch noch stolz drauf.

Wenn ich gewollt hätte, wäre ich auch auf Sprachreise in Frankreich oder England gewesen und würde jetzt über die wichtige Leistungskurs-Wahl und die neue sexy Bio-Lehrerin quatschen. Ich könnte genauso eine G-Star-Jeans tragen und einen Pulli von Ich-weiß-nicht-wem. Aber die ganzen Gymnasiumsärsche interessieren mich in Wirklichkeit nicht.

„Komm mit!“, sage ich zu Ticker. Ich habe plötzlich so eine Idee.

JENNY Dieser Paul mit den Sommersprossen auf den Armen ist viel netter, als ich gedacht habe, und witzig. Wir trinken einen Sekt zusammen und dann noch einen und noch einen.

Er erzählt von dem Internat, in dem er war. Ich erzähle von der Aufnahmeprüfung, natürlich alles maßlos übertrieben.

Er schaut mir in den Ausschnitt und grinst, als er merkt, dass ich das merke.

„Was wollte ich gerade noch mal sagen?", fragt er.

„Keine Ahnung", grinse ich zurück.

TICKER Ich habe keine Ahnung, was Ette jetzt plant. Ich möchte lieber noch ein Bier trinken und mit Sarah zusammen sein. Richtig zusammen sein. Aber Ette ist ganz klar der Boss.

Ich gehe hinter ihm her. Für einen Moment erinnere ich mich daran, wie er mal auf dem Schulhof jemandem in den Magen geboxt hat. Und als der Kopf nach unten ging, hat er den Kopf genommen und mit seinem Knie die Nase blutig gehauen. Wegen nichts. Ich muss auf ihn aufpassen.

ETTE Fast jeder Mensch wird irgendwie verbogen, als stünde er im Wind und würde gegen ihn ankämpfen oder als würde eine Sturmböe ihn von hinten niederdrücken. Sie nicht. Sie steht so aufrecht da, sogar in ihrer unförmigen Daunenjacke, und lässt sich beregnen. Ihr Rücken wächst ganz gerade aus ihrem Hintern. Ich möchte sie in die Wirbelsäule knuffen, in die Leber, dorthin, wo es wehtut.

Ein paar von der Party stehen unter dem Vordach und unterhalten sich. Sie reden von lauter uninteressanten Dingen. Ich kann ihnen kaum zuhören, so bescheuert sind sie.

Das Bier wird vor der Tür gelagert. Ticker und ich nehmen uns Flaschen aus dem Kasten. Wir grinsen uns an. Wie können diese Typen nur solche Penner sein?

„Hey, hast du dafür bezahlt?“, fragt einer.

Ich muss lachen. Der, der so dämlich gefragt hat, macht einen Schritt auf mich zu. Ticker hält mich am Arm.

Ich muss immer noch lachen und so kichern wir im Regen weiter, bis wir bei Momo sind.

Sie dreht kurz den Kopf.

Ich packe sie an der Schulter, tue ein bisschen so, als sei ich besoffen. Ehrlich gesagt bin ich ziemlich erstaunt, wie viele feste Muskeln sie hat. Ich weiß, dass Ticker grinst.

„Na komm, bei mir zu Hause warst du aber nicht so abweisend!“

„Laber hier nicht rum, Ette, ja?“, sagt sie.

Ich drehe mich zu Ticker, um mit ihm einen erstaunten Blick zu tauschen.

„Wir haben uns doch gut verstanden, hm? Oder bin ich dir nicht gut genug?“

Sie macht ihre Schulter frei.

„Du bist betrunken, Ette.“ Sie sagt das freundlich und abweisend, aber sie kann mir nichts vormachen. Ich spüre ihre Angst, sogar noch, bevor sie selbst sie spürt. Ihr gerader Rücken wirkt schon ein kleines bisschen runder.

SARAH Jenny sollte echt aufhören, mit Paul zu quatschen. Sie weiß ja nicht, was Paul eigentlich für ein eingebildetes Arschloch ist. Aber Jenny hört nicht damit auf.

„Ich hab was gekauft!", flüstert Marie ganz aufgeregt in mein Ohr. Dass Paul gerade mit Jenny zugange ist, scheint sie nicht mitzubekommen.

„Komm, Paul soll nichts davon merken!"

Sie bugsiert mich in eine Ecke und gibt mir ein Stückchen von einer Pille.

„Beim ersten Mal reicht eine halbe!"

Ihre schön geschminkten Augen sind plötzlich ganz nah.

„Hast du das von Ticker?", frage ich.

„Ich kauf doch nicht hier auf der Party. Bin doch nicht blöd!"

Sie steckt sich ihre Hälfte in den Mund. Ich nehme meine.

ETTE Mir ist es ernst und sie weiß das jetzt. Ich muss ihr richtig wehtun und das tue ich auch. Ticker meckert wie eine Ziege, ob vor Lachen oder vor Angst, das weiß ich nicht.

Ich zerschlage eine Bierflasche und schlitze ihr damit den Oberschenkel auf. Das geht schwerer, als ich gedacht habe. Und sie schreit so sehr, dass ich ihr mit der Faust in die Fresse schlagen muss, mehrmals. Und richtig fest.

Ich muss mich konzentrieren, doch das Koks vernebelt alles. Ich muss mich konzentrieren, denke ich noch mal.

„Steh hier nicht so rum, mach was!“, schnauze ich Ticker an.

Momo Ich kann nicht weg. Es tut so weh. Wie soll ich morgen schwimmen können? Es tut so weh, ich kriege keine Luft mehr. Ich muss kotzen.

Jenny „Wo ist Momo?“, fragt Tim. Er steht neben mir, den Autoschlüssel in der Hand, und schaut sich suchend um.

„Vielleicht auch ein Glas?“, fragt Paul.

„Danke, ich bin Sportler“, macht Tim seinen Standardspruch.

Paul nickt anerkennend.

„Ich schaue mal nach Momo.“

Vor der Tür ist niemand. Ich gehe ein paar Meter auf den Wald zu. Dann laufe ich los.

Ticker Ich kann gar nichts tun. Ich höre Ette schreien, und dazwischen Momos Stimme. Ich will nur, dass es schnell vorbei ist.

SARAH Ich spüre nur, dass mein Herz ganz weit wird. Dass ich Ticker liebe, dass ich Jenny ein bisschen Spaß gönne, dass Marie meine Freundin ist, dass alle um mich herum Spaß haben und lachen. Und dann kommt mein Lieblingslied und ich fange an zu tanzen und ich will nie mehr was anderes tun.

JENNY „Hilf mir aufstehen", sagt Momo. Ihre Lippe ist zerbissen. „Wir müssen hier weg!"

Ich hocke mich neben sie und meine, sie solle liegen bleiben. Zuerst hoffe ich, sie sei gestürzt. Der Wald wird weiter oben ziemlich steil und felsig.

Ich decke meine dünne Jacke über Momos Schultern. Ihr Oberkörper wiegt vor und zurück. Sie flüstert unverständlich.

Die ganze Zeit, während der Regen von den Bäumen auf uns tropft, ist mir klar, dass etwas passiert ist.

Ich sehe auf die Blätter vom letzten Jahr. Es gibt welche, die sind nur noch Gerippe, nur noch winzige Verästelungen. Meine Füße schieben sie hin und her. Ich setze mich neben Momo. Ich lege meinen Arm um sie. Sie zittert. An ihrem nackten Bein ist Blut. Es sieht verschmiert aus. Auch an ihren Händen ist Blut, an ihren Unterarmen, sogar auf ihren Zähnen. Es sieht fast schwarz aus.

„Ich rufe lieber einen Arzt", sage ich.

Momo reagiert nicht.

„Ich rufe jetzt an", sage ich nochmals.

Momo nickt.

SARAH In der Hütte riecht es nach verkohlten Würstchen und Gras. Es ist tief in der Nacht. Gedankenlos und glücklich. Ich bin immer noch auf der Tanzfläche. Ich tanze für die vibrierende Nacht, tanze für mich, tanze allein, als das große Licht angeht.

Polizei ist da, sieht sich um. Die laute Musik passt nicht. Die roten Scheinwerfer werden grell und gehen dann ganz aus. Die Musik verstummt. Es ist, als könnte ich für einen winzigen Moment mit anderen Augen sehen.

Ich sehe bekifft aus, fertig, betrunken. Habe fettige Haut und verschwitzte Haare. Stinke aus dem Mund, brenne in einer Sehnsucht, die im grellen, großen Licht lächerlich ist.

Etwas in mir fällt in sich zusammen und bleibt grausam in meinem Bauch liegen.

Ich bin ungelenk, als ich mit dem Bullen rede. Er schreibt Sachen auf. Fragt nach Ette. Ich warte die ganze Zeit darauf, dass er Tickers Namen ausspricht. Es rauscht mir hinter der Stirn. Ich verstehe nicht, was passiert ist.

ETTE Wir laufen weg. Daran erinnere ich mich am allerbesten. Das ist es. Wir laufen weg, immer weiter. Wir können die Sirenen hören und wie die Musik ausgedreht wird. Wie Stimmen nach uns rufen, aber wir sind schon auf dem Hügel, zwischen den hohen Fichten hoffentlich nicht zu sehen.

Ich kann mir nicht vorstellen, dass sie den Hügel heraufkommen, aber trotzdem ziehe ich Ticker weiter. Ich habe schon einen Plan. Verdammt, einer muss doch immer einen Plan haben und der bin ja wohl meistens ich.

Wir laufen über einen Hohlweg bis zur Siedlung. Ticker klammert sich an meinen Arm, als sei ich sein dämliches Kindermädchen. Er hat Angst, der kleine Ticker hat Angst. Dabei steht mein Plan schon längst fest und Ticker muss nur mitkommen.

Ich springe über die niedrige Mauer des Gartenhäuschens, das bei meinen Eltern hinterm Haus steht, und taste unter dem Stein, unter dem sie immer den Schlüssel für die Kellertür aufbewahren.

„Du gehst vors Haus. Ich komm gleich", sage ich zu Ticker. Seine Augen sind wie Scheinwerfer unter seiner Kapuze.

Ich gehe langsam die Kellertreppe herauf. Seit drei Monaten bin ich nicht mehr zu Hause gewesen. Es riecht fremd. Ich muss mich zusammennehmen, um mich an alles zu erinnern. Die Wand an der Kellertreppe fühlt sich rau an, wie ganz grobes Schleifpapier. Dann die Eisentür zur Diele. Die Klinke ist ganz kühl.

Die Autoschlüssel liegen in der Porzellanschale, die mit den rosa Rosen verziert ist. Ich halte sie fest in der Faust, damit sie nicht klirren. Auch sie sind kühl. Überhaupt ist alles kühl. Nur ich nicht, mein Körper brennt vor Aufregung und Freude. Jetzt gibt es kein Zurück mehr, jetzt ist es endlich entschieden.

MOMO Die Ärztin ist im Alter meiner Mama. Das macht es leicht. Sie nimmt mich in den Arm. Sie frottiert meine nassen Haare. Sie fragt, wen sie anrufen soll. Sie hilft mir auf den Stuhl, der meine Beine auseinanderdrückt. Sie sagt, dass Mama und Opa gleich da sind. Sie untersucht mich. Sie gibt mir was zur Beruhigung.

Mama kommt. Sie hat meinen Trainingsanzug dabei. Sie weint. Opa ist auch da. Er nimmt mich in seine Arme. Er ist stoppelig. Sein Gesicht ist nass.

Sie beraten über eine Anzeige. Ich sitze neben Opa. Er hält meine Hand. Sie fotografieren meinen aufgeschnittenen Oberschenkel, meine rechte Gesichtshälfte. Sie halten ein Streichholz neben den Schnitt im Hals, damit man später sehen kann, wie groß die Wunde war. Sie gehen langsam vor. Ich nehme das alles durch silbrigen Nebel wahr. Als würde ich tauchen. Solange ich schwimme, solange ich unter Wasser bin, bin ich in Sicherheit.

Sie packen meine Partyklamotten ein.

Sie entschließen sich zu einer Anzeige. Mama bekommt Adressen von Anwälten. Sie reden über Nebenklage und die Vorteile. Ich schwimme durch das silbrige Wasser, immer weiter.

TICKER Wir waschen uns nicht mehr. Wir tragen die Klamotten, mit denen wir bei der Party gewesen sind. Wir schlafen im Auto.

Wir, nein, Ette hat eine Tankstelle klargemacht, mit

seinem Grinsen und mit seiner Schreckschusspistole aus dem Handschuhfach.

Cola, Bier und klebrige Brötchen. Kein gesundes Frühstück, das wir auf der Raststätte Moselblick abhalten. Ich bin ausgestiegen, um mir das steile Moseltal anzusehen. Wir wollen über Luxemburg fahren, dann über Lyon bis nach Spanien. In die Sonne.

Es regnet an diesem Morgen. Ich stapfe durch das hohe Gras und friere. Es wird gerade hell. Bei ein paar Büschen pinkele ich. Ich bin müde von der Fahrt und der ganzen Aufregung. Ich weiß nicht, wie es weitergehen soll. Irgendwie, jetzt, während Ette auf dem zurückgeklappten Fahrersitz schläft, kommen mir Zweifel an unserem Plan. Es klingt nicht mehr halb so einfach, wie am Abend zuvor, als wir das Auto von Ettes Vater nahmen und losfuhren.

Ich habe das Geld von der Tankstelle in der Tasche, fast siebenhundert Euro. Es beunruhigt mich, wenn ich es mit den Fingern berühre. Was, wenn ich es hier einfach über die nasse Wiese streuen würde? Beobachte, wie es sich mit Wasser vollsaugen und dann von spielenden Kindern gefunden würde. Fünfziger, Hunderter und Zwanziger, wie wilde Blumen auf einer Wiese. Einfach so, als würden sie im Gras wachsen. Ich sehe die Kinder, die aufgeregt zu ihren Eltern laufen, fast vor mir. Ich sehe das Gesicht meiner kleinen Schwester, die mit einem hellgrünen Schein zu meinem Vater läuft. Ich sehe Ette und mich, als wir jünger sind, in unseren kleinen Hosen und schmutzigen T-Shirts. Wir kamen als Kinder natürlich so gut wie nie bis zu einer Autobahnraststätte. Höchstens mal mit einem Schulausflug.

Jetzt sehe ich die Bullen. Sie kommen in zwei Autos. Sie steigen aus und gehen mit gezogener Waffe auf unseren Wagen zu. Sie haben einen Plan.

Da laufe ich. Ich habe Angst, ich scheiße mir fast in die Hosen. Meine Ohren sind gespitzt. Sie warten auf ein Knallen, einen Schuss. So renne ich in einen der Bullen. Er ist plötzlich da, tritt hinter dem Busch hervor, hinter dem er die ganze Zeit gewartet hat. Sein Brustkorb ist riesig, seine Muskeln sind Eisen.

Ich trete. Ich beiße. Ich heule. Ich habe keine Chance. Er nimmt mich fest, indem er meine Arme nach hinten dreht.

Zuerst denke ich, dass die Erde bebt oder dass der Bulle mich schüttelt. Dabei ist es nur mein eigenes Zittern.

JENNY Rot läuft in Grün und in Silber. Papa und Tim sind beim Schießtraining, Mama setzt im Vorgarten Blumen ein. Im Haus ist es ruhig.

Ich male. Dunkles Wasser mit wenigen Reflexen, nur so, dass man gerade noch sieht, dass es Wasser ist, dahinter dichtes Weidengebüsch und kalten grauen, fast schwarzen Basalt. Einzelne Tannen halten sich daran fest. Dazu die roten Zielscheiben, die wie ausgesetzte Tiere durch die silbernen Birken irren.

ETTE Am Anfang war sie nur ein Schatten mit einem Namen aus einem Scheißkinderbuch. Ich hatte von ihr gehört. Der Schwimmstar, ein beschissenes Wunderkind.

Wo, außer in diesem Bullenauto, sollte ich ehrlicher zu mir sein? Sie hat mich von Anfang an gereizt. Also, nicht als Mädchen. Bestimmt nicht. Aber als Gegnerin.

Und ich fand sie richtig zum Kotzen. Es war, als würde sie mich mit ihrer Verachtung zu sich hinziehen.

Auf der Party am Silbersee musste ich ständig zu ihr hingucken. Hielt sich für was Besseres. Trank Wasser, redete nicht. Es wussten ja sowieso alle. Man musste nur auf ihre Muskeln schauen.

Wir fahren durch den Regen. Ich kann die nasse Straße unter den Reifen hören, das Spritzen, wenn es durch Pfützen geht, den quietschenden Scheibenwischer.

Sie hat mich herausgefordert. Sie stand da, als sei ich gar nichts. Als würde ich sie langweilen.

MOMO „Sie haben Glück!", sagt der Anwalt. Ich muss ziemlich verwundert geguckt haben. Was für ein verdammtes Glück?

„Wir haben viele gesicherte Spuren."

Das klingt nach einer Dokumentation im Fernsehen. Nach Krimi. Der Anwalt sieht nicht nach Fernsehen aus. Er ist jung, vielleicht dreißig. Aber sein Haar geht ihm schon aus.

„Und wir haben sogar noch viel mehr Glück. Gegen die mutmaßlichen Täter laufen bereits Verfahren. Es sieht alles nach einer Sammelklage aus. Das geht dann relativ schnell."

Er rollt zufrieden auf seinem Stuhl nach hinten. Sein Gesicht ist ernst, seine Augenbrauen zusammengezogen. Ich kann mir nun vorstellen, dass er tatsächlich Anwalt ist.

„Mehrfacher Raub, Autodiebstahl und Drogenhandel."

„Oh!", macht Mama.

„Nun, um genau zu sein, er befindet sich – ebenso wie sein Komplize – in Untersuchungshaft."

„Sie meinen, Ette und Ticker sind im Knast?", frage ich.

„Ich sagte Ihnen doch, Sie haben Glück gehabt."

SARAH Marie sitzt vor ihrem beleuchteten Schminkspiegel und zupft sich die Augenbrauen. Sie hat eine DVD eingelegt mit brandneuen Videos aus Amerika. Die Glückliche. Ein Onkel von ihr lebt in Chicago und sie bekommt von ihm ständig selbst gebrannte Sachen geschickt.

Marie zieht mit den Fingerspitzen die Augenbrauen hoch, den Mund weit offen vor Konzentration. Mit der Pinzette reißt sie sich ein paar Härchen aus. Dann nimmt sie das blaue Coldpack und presst es gegen das Augenlid.

Sie kennt Ticker zwar nicht persönlich, aber in so einer Kleinstadt haben Typen wie Ticker, oder eher Ette, einen gewissen Ruf.

Ettes älterer Bruder ist im Knast und so etwas ist schnell in der Stadt herum.

Marie hält sich wieder eine Augenbraue hoch und spricht mit ihrer leicht näselnden Stimme.

„Lass es, Sarah. Die sind doch total abgefuckt!"

Ich pule einen Faden aus ihrer Steppdecke. Klar, sie mit ihren Physikstudenten und ihrer Mutter, die Lachsschnittchen serviert. Und mit ihrem Vater, in dessen Fabrik die ganzen Fertighäuser gemacht worden sind, aus denen unsere Siedlung besteht. Vielleicht, wahrscheinlich sogar, sollte ich auf Marie hören.

Sie hat keine Ahnung. Sie weiß nicht, wie es ist. Mit ihren dämlichen DVDs, ihren gepflegten Augenbrauen, ihrem verdammten Physikstudenten. In mir pocht und klopft es. Und ich weiß, dass Ticker das nicht getan haben kann. Ich erinnere mich an ihn, an jede Handbewegung, an jedes Wort, an jeden Blick. Alles, außer das mit Momo. Das nicht. Aber das werden sie ihm anhängen.

Und ich erinnere mich an Ette. An seine beiläufige Bosheit. An seinen Mundwinkel, den er zurückzieht, wenn er etwas sagt. An die Pupillen, die sich weit in die Augenwinkel drehen, um zu beobachten. An die Überspannung, die in seinem Körper ist.

Und Momo, die als Einzige über Ette lachte. Schmalspur-Macker, so hat sie ihn genannt.

„... besorge uns also Karten für das Konzert", sagt Marie.

„Hm, ja", sage ich. Ich habe gar nicht zugehört. Es ist mir egal. In meinem Kopf beginnt es zu rauschen. Tickers Arme, die zarten Härchen und sein offener Mund fest auf meiner Schulter.

JENNY Tut mir der Rücken weh! Morgen bin ich krank. Das Praktikum ist furchtbar. Garten-Landschaftsbau hört sich ja nach Natur und Blümchen an, bedeutet aber vor allem, dass man Pflastersteine schleppt. Oder in der Kälte herumsteht, weil man was falsch machen könnte.

Zur Mittagspause meinte der Geselle, ich sei ja ganz brauchbar. Ansonsten wird nicht viel geredet.

Ich gleite in das heiße Wasser der Badewanne und mache die Augen fest zu. Ich will nicht denken, an gar nichts. Nicht an Momo, nicht an den Abend in der Grillhütte, nicht an irgendetwas anderes. Morgen früh um halb sieben geht's weiter.

TICKER Ich bin ein Versager, falls das interessiert. Sonst wäre ich ja nicht hier. Ich kann nichts anderes tun als warten, immer nur warten.

Wenigstens hab ich meine Sachen an. Wenn ich mir auch nur vorstelle, in fremden Klamotten hier rumzusitzen!

Hab zweihundert Liegestütze gemacht! Zweihundert! Da hab ich nur von geträumt, früher! Mache ich heute Abend noch mal, vielleicht sogar zweihundertfünfzig. Es ist, als könne ich durch die Wand springen. Wut.

MOMO Ich gehe zum Badezimmerregal, in dem Opas Rasierzeug steht. Die Klingen sind einzeln in dünnes Papier gewickelt.

Besser als mein eigenes Rasierzeug. Als Schwimmerin hat man immer glatt rasierte Haut, überall. Inzwischen sind an meinem ganzen Körper Stoppeln.

Mama hat Angst, ich würde mich umbringen. Das hat sie mir gestern gesagt. Ich kann so wenig sprechen. Ich habe immer diesen silbrigen Schleier um mich, der alles dämpft. So, als seien die anderen hinter einem Vorhang. Manchmal kommt etwas Helles, Spitzes durch meinen Hals und ich mache ein Geräusch, als täte mir dieser Splitter im Hals weh.

Es lohnt sich bestimmt nicht, für Ticker und Ette Selbstmord zu begehen. Das ist mir völlig klar.

Ich will nur dieses Gefühl loswerden. Mein Kopf brennt und meine Zähne im Mund tun weh. Ich beiße die ganze Zeit so sehr auf den Kiefer. Mir ist schlecht, kotzübel.

Ich nehme eine Klinge und denke über die günstigste Stelle nach. Bauch. Da geht der Badeanzug drüber. Es sind feine Linien, eine nach der anderen. Blut, hellrot. Es brennt auf meinem Bauch. Ich wasche die Klinge sorgfältig ab und falte sie wieder ins Papier.

JENNY „Jenny, Post für dich!“, ruft Mama.

Es ist der erste Samstag nach den Ferien und ich muss mein Gewehr putzen. Papa beaufsichtigt das sozusagen. Auch Tim sitzt am mit Zeitungspapier ausgelegten

Tisch und poliert seine Waffe. Er hat morgen Großes vor, wie bei jedem Wettkampf.

Papa blättert in den Nennungen für morgen, seine Lesebrille sitzt tief auf seiner Nase. Die hat er neu und setzt sie bei jeder Gelegenheit auf. Als Mama mit dem großen gelben Umschlag auf die Terrasse kommt, schiebt er die Brille hoch, merkt dann, dass er so nichts sehen kann, und schiebt sie über die Stirn.

„Na, dann wollen wir mal schauen", sagt er. Auch Tim legt die Waffe weg.

Mama übergibt mir den Brief. Sie stellt sich hinter Papas Stuhl und legt ihre Hände leicht auf seine Schultern.

Ich reiße den Umschlag auf und überfliege den Text.

Ich bin nicht angenommen.

Hitze steigt mir ins Gesicht. Ich wäre jetzt gerne allein.

„Na, dann lass mal sehen!", sagt Papa.

Er nimmt die Brille ganz ab und setzt sie sich feierlich wieder auf die Nase. Dann greift er nach dem Brief.

„Hm", macht er, als er gelesen hat.

Mama kommt zu mir und nimmt mich in die Arme.

Tim späht an Papas Arm vorbei. Dann nimmt er wieder seine Waffe.

„Sei nicht traurig", sagt Mama. Aber das ist genau das Falsche.

Ich nehme wieder mein Putztuch, aber dann kann ich nicht mehr so tun, als sei alles nicht so wichtig, außer dieses verdammte Schießen.

„Ich gehe morgen nicht zum Wettkampf", sage ich.

„Jetzt fang nicht wieder so an!", sagt Papa. Mit einer

kurzen Handbewegung wirft er das Papier auf den Tisch.

Tim seufzt genervt auf.

MOMO Während die anderen zur Schule gehen, fahren Mama und ich noch einmal zur Polizei. Für ein ausführliches Protokoll. Ich bin wie unter Wasser, ohne Luft und ohne Geräusche von außen. Ich kann mich nicht erinnern, ich weiß gar nichts, schon gar nicht, was ich der Polizei an dem Abend gesagt habe.

Sie sehen mich an, alle drei, Mama, die Polizistin, die mich befragt, und die, die aufschreiben soll. Denken sie, dass ich etwas dazuerfinde? Glauben sie mir, wenn ich erzähle, dass ich es schön fand, im Regen zu stehen und die kalte Luft zu atmen? Daran erinnere ich mich am besten. Aber jetzt bin ich unter Wasser und kann mich nicht hoch an die Oberfläche drücken.

Zum Schluss gibt die Polizistin Mama Adressen, nicht von Anwälten, sondern von Psychologen.

„Du brauchst nicht zu denken, dass ich da hingehe!“, sage ich zu Mama, als wir auf den Bus warten.

ETTE Mein Anwalt fragt mich, wie es denn wirklich gewesen sei. Na ja, wie soll ich das beschreiben? Es war ein Spaß, den Ticker und ich uns gemacht haben. Ich war selbst erstaunt, wie leicht das alles war.

Also, wie leicht sie sich am Boden halten ließ, nachdem ich sie ein bisschen aufgeschnitten hatte. Das hat sie wohl geschockt. Da war gar nicht so viel Blut. Aber sie hat stillgehalten.

Ich hab sogar noch kurz an Kondome gedacht. Na ja. Ich habe eigentlich nicht viel gedacht. Ich hatte ein bisschen was genommen. Und Ticker hat blöd rumgekichert, als er sie festhielt, wie ein Mädchen.

SARAH

„Ich glaube ihr kein Wort!", flüstere ich Marie zu. Marie zieht einen Flunsch. Der Lottner hat endlich seine bescheuerte Bio-Arbeit korrigiert und gibt sie gerade zurück.

„Aber du musst zugeben, dass dieser Ticker dabei war, oder?"

„Na und? Das heißt noch lange nicht, dass er ... dass er Momo vergewaltigt hat!"

Marie sieht mich lange an, aber mit einem Blick, als hätte ich sie nicht mehr alle.

„Doch, genau das heißt es!"

„Nein, es kann auch ganz anders gewesen sein!"

Marie starrt weiter.

„Wie bitte?", macht sie, als habe sie sich tatsächlich verhört.

„Hast du dein Referat für heute vorbereitet?", fragt Lottner mich, als er Marie ihre Arbeit zurückgibt. Sie hat eine Zwei plus.

„Ja, habe ich."

Da muss ich an die Tafel und allen nochmals die Fett-

und Eiweißverdauung erklären. Ich stottere ein bisschen, aber nach einer Zeit läuft es richtig gut.

Als ich wieder auf meinen Platz gehe und Maries Gesicht sehe, kommen mir die Tränen.

MOMO Ich weiß, ich sollte das nicht tun. Aber es tut so gut. Es ist, als würde der Schmerz mich nach oben drücken, an die Wasseroberfläche, wo ich etwas fühlen kann.

Ich ziehe die Klinge sorgfältig über den Bauch. Nur ein zarter Riss. Ein tieferer darunter. Dann stehe ich vor dem Spiegel und schaue mich an.

JENNY Frau Sand bringt ihren alten Hund mit. Er heißt Gretchen, obwohl es ein Rüde ist, und sieht aus wie eine langsam laufende Wolldecke.

Trotzdem ist es tröstlich, Gretchen zu streicheln und in seinem filzigen Fell zu wühlen. Wir gehen ein Stück auf dem Weg am Bach.

„Wie geht's dir?", fragt Frau Sand.

„Oh, ganz gut."

„Und sonst so?"

„Hm", mache ich. Ich kann nicht in ihr Gesicht sehen, deshalb bücke ich mich wieder zu Gretchen.

„Strombach hat mir abgesagt", erzähle ich dem Hunderücken.

„Oh“, sagt Frau Sand. Dann sagt sie eine Weile nichts.

„Und jetzt?“, fragt sie, als ich mich wieder aufrichte.

„Gar nichts“, sage ich.

„Weißt du, das musst du nicht so schwer nehmen. Kein Mensch weiß, wie sie diese Mappen bewerten.“

„Es lag nicht an der Mappe. Die war zumindest ausreichend. Ich habe die Prüfung versiebt.“

Frau Sand zieht ihren Hund ein Stückchen weiter, sodass ich mich aufrichten muss.

„Ich habe es einfach satt, hier zu sein. Mit diesem dämlichen Schützenverein und diesen ganzen doofen Leuten!“

„Meinst du denn, das sei woanders besser?“

Ich muss erst mal nachdenken.

„Ich glaube, ich war in der Prüfung so schlecht, weil ich so eingeschüchtert war. Alle anderen wirkten so ...“

„Wie?“

„Na ja, einfach viel mehr, als wüssten sie, worauf es ankäme! Schicker als ich, dünner als ich, besser als ich!“

Frau Sand schnaubt aus.

„Ich habe mich, ehrlich gesagt, auf der Toilette versteckt. Und dann hatte ich schweißnasse Hände und konnte mich nicht richtig konzentrieren.“

Ich schäme mich ein bisschen, aber Frau Sand grinst.

„Was ich gezeichnet habe, war totaler Murks! Das weiß ich ja!“

„Also ist es woanders auch nicht besser? Du bist überall die Jenny, die ich kenne, oder?“

Wir gehen eine Zeit lang schweigend.

„Und wann kommst du wieder zum Unterricht?“,

fragt Frau Sand, als wir warten, bis Gretchen sein mickriges Häufchen ins Gras gedrückt hat.

„Also, wie immer, dienstags. Okay?"

TICKER Ich wünschte, ich wäre nachts nicht allein, zwischen drei und vier, wenn endlich Ruhe hier ist und sich etwas auf meinen Brustkorb setzt, sodass ich nicht mehr atmen kann. Ich kann mich nicht mehr an Sarahs Gesicht erinnern, ich weiß noch, dass sie gut aussieht, aber ich weiß nicht, wie.

Ich weiß in diesen Stunden auch nicht mehr, wie Nina aussieht, oder mein Vater. Ich kann mich kaum noch an meine Mutter erinnern, nur an die Falten, die sich plötzlich so schnell durch ihr junges Gesicht zogen, von der Nase zum Mund.

Ich liege nachts wach. Dann könnte ich überall sein, nichts mehr ist wichtig, nur noch das Gewicht auf meiner Brust.

MOMO Schreie um mich herum. Ich verstehe ja, dass Mama sich aufregt, dass sie Hilfe holen will. Nur, weil sie das Blut im Badezimmer gesehen hat. Aber ich bin so sehr auf dieser anderen Seite. Nur der Schmerz auf meiner Haut lässt mich kurz auftauchen, an der Oberfläche sein, atmen.

JENNY Die Vorbereitungen für den Jungkönig laufen. Tim hat in diesem Jahr das Rennen gemacht! Alle Jungschützen sind bei uns, um meinem Bruder einen Kranz aus selbst aufgerauchten Zigarettenschachteln an die Haustür zu hängen.

„Was machst du hier?“, frage ich.

Sie gucken mich blöd an.

„Dich meine ich, Solbach. Solltest du nicht lieber Ette im Knast besuchen?“ Ich rede Solli mit Absicht mit seinem Nachnamen an. Er soll nicht glauben, ich wolle noch was mit ihm zu tun haben.

Sie glotzen, als wüssten sie überhaupt nicht, wovon ich rede.

Ein neues Gesicht war auch dabei, mit längeren Haaren, die ihm in die erstaunten Augen fallen.

Ich gehe schnell nach oben in mein Zimmer.

Wie soll ich denen denn erklären, wie es wirklich war? Ich weiß es doch selbst nicht.

Auf meinem Schreibtisch liegt die Kohlezeichnung, an der ich arbeite. Sie zeigt eine dünne Jeansjacke, die über einer kauernden Gestalt hängt. Jede Falte, jede Naht, jeder Knopf ist ausgearbeitet. Die Gestalt darunter ist verschwommen, hell, fast durchsichtig. Ich nehme die weiße Kreide und setze einen winzigen Reflex an die Rückennaht.

„Jenny?“, ruft mein Bruder durchs Treppenhaus. In diesem Haus wird nur geschrien.

„Was ist?“, schreie ich zurück, lauter als ich eigentlich müsste.

„Wir fahren in die Pizzeria. Willst du mit?“, ruft Manuel.

„Vergiss es!“

„Komm schon. Solli ist doch gar nicht mehr hier!“
Ich verreibe die Kreide.
„Fünf Minuten! Wartet nur fünf Minuten.“

Momo

Hier ist alles so schön eingerichtet. Helles Holz, große Fenster, riesiger Garten.

Wir sind zu zehnt, jedenfalls in meiner Gruppe. Wie in einem Urlaub, während die anderen in der Schule sitzen und um ihre Zeugnisnoten zittern.

Ich will nicht mit meiner Mama telefonieren. Ich habe auch schon versucht, ihr zu schreiben. Was soll ich schreiben?

Mir geht es gut. Ich esse, ich kann schlafen, ich paddle mit den anderen über den See, ich bade am Ufer, ich mache alles, was man mir sagt.

Die anderen sind sehr nett. Auch die Betreuerinnen sind nett. Sogar die eine mit dem langen Doppelnamen, deren ernster nachdenklicher Blick mir am ersten Tag Angst gemacht hat.

Heute Abend haben wir Tischtennisturnier und ich freue mich darauf. Ich bin gut im Tischtennis. Ich bin auch gut im Schwimmen. Ich trainiere jeden Tag in dem großen Sportbecken. Es macht mir nichts aus, dass man die Narbe am Oberschenkel sieht. Sie schmerzt zuerst, dann wird sie taub.

Wenn ich mich mit meinen Armen und Beinen durch das Wasser pflüge, habe ich immer irgendeinen Satz im Kopf. Der wiederholt sich. Manchmal stammt er von der Therapeutin mit dem Doppelnamen, manchmal aus der Gruppensitzung. Ich will nur schöne Sachen denken. Das war der Satz von heute Morgen. Ich will nur schöne Sachen denken.

SARAH Marie und ich sind im Kino gewesen, in der Vorstellung am frühen Abend. Ein alberner Collegefilm aus Amerika.

Marie redet davon, das nächste Schuljahr in „den Staaten", so drückt sie sich aus, zu verbringen. Ich höre ihr kaum zu.

Neben mir geht Ticker, nicht in echt natürlich, aber doch so, dass ich in Gedanken neben den Antworten, die ich ganz automatisch Marie gebe, seine schlurfenden Schritte höre und seinen Ellenbogen, der angewinkelt ist, weil seine Hand in der Hosentasche steckt, fast berühren kann. Ich schiele zu ihm herüber. Auch er hört Marie zu, mit seinen nach hinten gezogenen Mundwinkeln dreht er die Augen nach oben, um mir zu zeigen, dass Marie ihn nervt. Ich grinse. Sie nervt mich auch.

Wir gehen ins Maison, das einzige Café, in dem sich auch Jugendliche treffen. Marie lädt mich zu Kaffee und Himbeerbaisertorte ein. Ich liebte diese Torte, früher.

Als Marie zur Toilette muss, ist plötzlich der Geist von Ticker wieder da und sitzt mir gegenüber.

Ich strecke meine Hand über den Tisch und stelle mir vor, dass er seine darauflegt, dass er seine Lider senkt, um auf unsere Hände zu sehen. Wie lang seine

Wimpern sind. Ich sage ihm das. Er grinst, fast so abschätzig, wie er eben bei Maries Amerikaträumen gegrinst hat, und sagt, dass ich ihn hoffentlich nicht für eine Tunte halte.

Natürlich nicht. In meinen Träumen habe ich schon so oft mit Ticker geschlafen, dass er wissen müsste, dass ich das natürlich nicht denke. Er küsst meine Hand vorsichtig, so wie er das an unserem ersten Abend gemacht hat. Ich küsse ihn auch, fühle seine Zunge, die immer ein bisschen nach Rauch und Kiffen schmeckt und nach diesem weichen Sehnen, das er im Mund hat.

„Alles klar?“, fragt Marie.

„Ja, ich bin nur müde“, antworte ich. Ich schäme mich ein bisschen. Hoffentlich sieht mir Marie diese Träume nicht an.

JENNY „Aber Jenny, das bildest du dir bloß ein!“, sagt Tim.

Ich stehe vor dem Spiegel im Flur und probiere die neue Schützenuniform an.

„Doch, ich bin fett!“, sage ich und strecke den Bauch raus.

„Nein. Alle finden dich nett!“

„Und fett!“

„Quatsch! Ronnie zum Beispiel hat nach dir gefragt.“ Ronnie ist der Typ, der mit den Jungschützen neulich in der Pizzeria war.

„Ja?“

„Ja, stell dir vor!"

Ich drehe mich so, dass ich meinen Hintern sehen kann.

„Aber mein Hintern ist zu fett!"

Tim verdreht die Augen.

MOMO Ich bin in Köln nicht geschwommen und auch nicht beim Schwimmfest in Wetzlar. Ich hatte seit sechs Wochen keinen Wettkampf mehr. Aber das macht fast gar nichts. Ich bin hier in der Klinik und ich tauche langsam auf, anders, als wenn ich mir den Bauch aufschneide, langsamer, jeden Tag mehr.

Trotzdem, die Taxacher ist Landesmeisterin geworden! Mama hat es mir am Telefon gesagt.

Ich kann hier noch so viel joggen und schwimmen und mit den Therapeutinnen reden.

Ich will abends müde sein. Meine Augen sollen ganz von selbst zuklappen. Und dann will ich, dass die Matratze mich aufsaugt, als sei sie ein riesiger Schwamm und ich so weich und flüssig wie warmes Wasser.

Ich will nicht, dass mit mir gearbeitet wird. Es macht mich krank. Ich fühle mich, als sei ich ein Feld, das umgegraben wird, immer auf der Suche nach irgendwelchen Scherben. Eine archäologische Expedition. Wie gestern im Fernsehen. Ein Team gräbt irgendwo am Mittelmeer eine Festung aus. Jede verdammte Tonscherbe wird bejubelt, beschriftet und sorgfältig zu den anderen schätzungsweise hunderttausend gelegt.

So ungefähr wird das auch hier gemacht. Und ich

weiß ja, wonach hier mit Forscherdrang gegraben wird. Ich will damit aber nichts mehr zu tun haben. Ist das denn irgendwie unverständlich? Ist das scheiße? Muss ich mich deshalb schuldig fühlen?

So, die Schuhe sitzen. Konditionstraining. Die ersten Laufschritte sind immer die schlimmsten. Ich fühle mich völlig verbogen an, meine Beine sind tierisch schwer. Wenn ich laufe, kann ich keinen Satz denken wie beim Schwimmen. Meine Gedanken laufen mit, mal hierhin, mal dorthin. Genau wie in der Therapie, wenn ich reden soll, einfach nur reden. Ich rede über den Sommer, über Mama, über die Schule, über mein Schwimmprogramm hier.

Das mit der Taxacher macht mir was aus, verdammt! Die Therapeutin wertet das als gutes Zeichen. Die spinnt doch.

Ette

Hallo Ticker!

Was geht? Wenn einer weiß, wie's Dir geht, dann ich. Du bist mein Bruder! Das wollte ich Dir sagen. Hier ist – genau wie bei Dir – na eben Knast.

Daran denke ich viel. Dass man es auch im Knast schafft. Gut, ist scheiße hier. Aber nicht für ewig. Hab schon mal abgeklärt, wie das mit Haftlockerung ist. Konnte mir aber keiner was Genaues zu sagen. Hey, lass von Dir hören.

Hau rein, Mann! Bis bald.

Ette

JENNY Wir gehen nach hinten durch. Mein Vater, meine Mutter und ich. Herr Leyendecker gibt mir die Hand und dann reden mein Vater und er eine Zeit lang über den Kälteeinbruch und dass das den Frühblühern gar nicht geschadet hat. Mama und ich stehen dabei und lächeln.

Dann wird es ernst. Herr Leyendecker unterschreibt, ich unterschreibe. Damit habe ich als Erste in der Klasse einen Ausbildungsplatz. Ich könnte heulen.

MOMO Ich bringe die Koffer in mein Zimmer, da kann ich Opa schon riechen. Es ist mir nicht unangenehm, aber eigentlich stinkt es ziemlich nach Pipi.

Er liegt fast nur noch im Bett. Für mich ist er heute aufgestanden, also, er sitzt in einem Rollstuhl. Mama kocht uns Gulasch mit Klößen und Gurkensalat. Das esse ich gern.

Ich setze mich auf mein Bett. Hier werde ich nun wieder versuchen zu schlafen. Bevor ich in der Klinik war, habe ich oft bei meiner Mama im Bett geschlafen.

Das Schlimmste wird sein, durch die Stadt zu gehen und alle zu treffen. Nein, das Schlimmste wird sein, hier zu liegen und nicht schlafen zu können. Oder die Scham, in der Stadt, in der Schule.

Verdammt, wofür muss ich mich denn schämen?

Das habe ich in der Klinik geschrien, richtig gebrüllt, voller Zorn und mit fliegender Spucke, als wir über Scham sprachen.

Aber hier gilt der Zauberspruch nicht mehr. In meinem eigenen Zimmer schäme ich mich sogar vor den blanken Wänden. So fühlt es sich an.

Und Opa ist jetzt richtig krank. Deshalb bin ich nach Hause gekommen. Ich will nicht in der Klinik sein, weg von ihm, wenn es ihm schlecht geht. Ich will bei ihm sein.

SARAH Ich habe mich schön gemacht, richtig schön. Sogar mit Gesichtsmaske am Morgen. Meine Augenbrauen sind so sorgfältig wie schon lange nicht mehr gezupft. Mein Rock ist frisch gebügelt. Die neuen Schuhe sehen scharf aus, richtig scharf.

Marie hat mich eingeladen. Wir würden mit den Studenten, die Marie „Jungs" nennt, zu einem großen Konzert nach Bonn fahren.

Beide „Jungs" sind frisch rasiert und duften nach Duschgel. Paul, der Freund von Marie, quetscht sich nach hinten, Marie plumpst neben ihn. Ich nehme neben Serge Platz, dem Franzosen, den Marie als „ganz niedlich" beschrieben hat.

Die Schlafplatzverteilung. Marie würde bestimmt nicht ihren geliebten Paul nachts alleine lassen, um mir Gesellschaft zu leisten.

Als Serge schaltet, berührt er mein Knie. Klar ist das Absicht. Er sieht nicht halb so gut aus wie Ticker.

Trotzdem lasse ich mich auf Spielchen mit ihm ein. Ich zünde seine Zigaretten an. Ich esse das Eis, das er mir an der Raststätte kauft, und gehe mit ihm ein paar Schritte bis zu den angrenzenden Feldern.

Grüne Traktoren, groß wie Dinosaurier, fahren über die Felder. Sie setzen Kartoffeln. Es riecht nach feuchter Erde und Frühling.

„'Ast du ein bisschen Gras dabei?", fragt mich Serge.

„Ja, ein bisschen."

„Du bist ganz liebe Mädchen. Nur du machst trauriges Gesicht", redet er weiter. Seine Hand streift meine Schläfe, so als hätte sich ein Tier oder ein Fussel in meinen Haaren verfangen.

Ich nehme seine Hand von meinen Haaren. Ich halte die Hand fest.

„Ich bin keine liebe Mädchen", sage ich zu ihm. Er grinst.

Ich grinse zurück. Aber es ist langweilig.

ETTE

Ich bilde mir nicht ein, dass ich besonders stark bin. Ich bin klein und habe kaum Muskeln. Aber ich kann kämpfen. In Kämpfen, da wollen wir realistisch sein, gewinnt nicht der, der stärker ist, sondern der Gemeinere. Man muss das tun, was der andere nicht für möglich hält. Das habe ich auf der Straße gelernt. Nein, das stimmt nicht. Ich weiß das von meinem großen Bruder. Der hat früher immer so gegen mich gekämpft.

Hart. Unfair. „Schmerzhafter Stil" hieß das bei ihm. Der andere muss so verletzt werden, dass er während des Kämpfens Angst bekommt, besser noch, vorher schon Angst bekommt. Seine Angst macht mich stark, denn sie pumpt mir die Muskeln voll. Das Blut schwillt an und pulst im ganzen Körper. Danach kommt diese Befreiung, das Lachen.

Später sitzen wir im Auto und erzählen uns den ganzen Kampf noch mal. Hast du gesehen, wie er sich am Boden gewälzt hat, wie er gewimmert hat? Der hat geflennt. Nach der Mama gerufen! Echt? Ja, Mann, der hat nach seiner Mama gerufen! Er hatte Angst, der hatte so eine Angst!

Dabei passiert bei solchen Kämpfen in Wirklichkeit nicht viel. Ein paar blaue Flecke vielleicht. Die kann man auch bekommen, wenn man vom Rad fällt. Oder einen großen Bruder hat, so wie ich. Ich bringe ihnen das Kämpfen bei, meinen Gegnern, wie mein großer Bruder mir das beigebracht hat. Unberechenbar sein. Schmerzhafter Stil.

SARAH

Es wird langsam Abend. Marie und Paul sind nirgendwo zu sehen. Wahrscheinlich liegen sie schon längst knutschend in ihrem Bett im Studentenwohnheim.

Serge und ich stehen zusammengezwängt in der Menge vor der Bühne. Er lacht, er tanzt, er grölt mit. Ich wünschte, ich könnte das auch. Ich versuche zu lächeln, mich zu amüsieren, gut auszusehen, Spaß zu haben. Es ist, als spielte ich in einem Film mit.

Die Bühne ist rot gefärbt von den Scheinwerfern, ein lautes Brennen. Ich schließe kurz die Augen. Es kommen Tränen. Die ganze Menge jubelt über die nächste Zugabe. Alle hüpfen blöde in einem albernen Viertakt.

Der Typ auf der Bühne nimmt das Mikro und tut so, als sei es sein Schwanz. Ich will nur weg.

Serge quetscht sich hinter mir durch die Leute. Er redet auf mich ein. Ich will nichts hören.

Hinter einem T-Shirt-Stand hat er mich eingeholt.

„Was ist los?", will er wissen. Er hält mich am Arm fest.

Ich sehe auf die zertretenen Plastikbecher.

„Nichts."

„Findest nicht mich nett?", fragt Serge. Darum geht es also.

„Doch, natürlich."

Da grinst er wieder und will mich berühren.

„Aber ich bin in jemand anderen verliebt", sage ich. Und in diesem Moment ist mir klar, dass ich so nicht weitermachen werde.

Serge macht ein langes Gesicht.

MOMO Ich muss zur Gutachterin. Nächste Woche ist Verhandlung. Sie ist jünger als Mama und sie hat ein ernstes kleines Gesicht, mit dem sie von ihrem Papier aufschaut. Sie fragt viele Dinge, an die ich mich nicht erinnern kann.

Was hatte Ette an? Das weiß ich nicht, aber ich weiß, dass er nach Schweiß roch und nach Nässe, irgendwie nach feuchtem Hund.

Was haben Ette und Ticker geredet?

Nichts, sie haben nicht geredet, obwohl sie gelacht haben. Sie müssen etwas geredet haben.

Sie schreibt, sie fragt andere Sachen, woher ich sie kennen würde.

Ich erzähle von der Party bei Ette. Vom Wettkampf am Tag danach. Sie fragt, ob ich etwas mit Ette hatte. Er hat mir ein Glas Wasser gegeben. Ich fand ihn blöd. Ich will hier weg.

„Du gehst wieder zur Schule?"

„Nein, noch nicht."

„Warum nicht?"

„Weiß nicht. Keine Lust."

TICKER Ich mache die Augen auf, als wir halten. Gerichtstermin.

Sie ziehen mich aus dem Auto und bringen mich über den Hof wie einen Schwerverbrecher. Sie reden miteinander, nicht mit mir. Mein Anwalt wartet vor der Tür. Er nickt mir zu. Mein Alter ist auch da, legt seine Hand auf meine Schulter, wie in einem verdammten Film. Nur, dass das hier kein Film ist.

Sarah ist nicht da, meine Schwester auch nicht. Ich starre stumm vor mich hin. Ette ist da. Mit verbissenem Kiefer. Er nickt mir zu, er wirkt immer noch, als hätte er alles unter Kontrolle, sogar die Richterin. Ich versuche das Gleiche zu tun wie er.

Gar nichts tut er. Ich auch nicht.

Die Anklage wird verlesen. Beihilfe, gemeinschaftlich, zusammen.

Zeugen treten auf. Zeugen verschwinden wieder. Für mich ist das alles nur ein Rauschen. Ich sehe nicht mal hin. Ich sehe nicht mal zu meinem Vater, als sie von der Sache mit Momo sprechen.

Mir ist egal, was er denkt. Ich starre geradeaus, als ginge mich das alles nichts an. Ich bin wie Ette, wie Stein, wie etwas Totes.

Ich denke an meine Schwester und bin froh, dass sie nicht da ist.

Was soll ich sagen? Dass Ette mich angestiftet hat, so wie das mein Anwalt will? Dass ich nur dabeigestanden habe.

Ich schaue auf Ette, er schaut mich an. Ich senke zuerst den Blick.

Plötzlich erinnere ich mich daran, wie er mir mal den Eimer zum Kotzen gebracht hat, als ich krank war. Wie er meine Schulter festgehalten hat, während ich über dem Eimer hing. Danach brachte er mich in die Dusche und blieb auf dem Klodeckel sitzen, weil er Angst hatte, dass ich unter der Brause umfalle.

MOMO Meine Haut ist wie unter einer heißen Folie gespannt. Das zusammengebundene Haar tut mir weh, genauso meine Füße, die in neuen Schuhen stecken. Links an der Ferse fühlt es sich an, als hätte ich eine Blase. Meine Hände liegen gefaltet vor mir, so als würde ich beten.

Das Licht fällt schräg durch die hohen Fenster und beleuchtet Ette und Ticker von hinten. Ihre Gesichter kann ich nicht erkennen. Ich weiß nicht, was sie denken.

Ich bin auf der anderen Seite, zwischen meiner Mutter und dem Anwalt.

Ich denke gar nichts. Manchmal, wenn Ette sich bewegt, wenn er den Kopf hebt oder sich zu seinem Verteidiger hinüberneigt, kommt etwas durch meine Kehle, dass ich auf dem Weg zum Mund ersticke. Ich kann ihn nur immer weiter anstarren.

Ich höre kaum, was gesprochen wird. Ich sehe die anderen nur durch einen silbrigen Schleier. Ich sehe Ette. Er sieht nicht zu mir rüber, nicht ein Mal.

JENNY „Erzählen Sie uns bitte, was Sie gesehen haben." Der Adamsapfel des Verteidigers bewegt sich in dem Takt, in dem er spricht.

„Ich sah Momo, wie sie dort auf dem Boden lag. Sie war verletzt", sage ich.

„Sie telefonierten also mit dem Notruf?"

„Ja."

„Haben Sie einen der Beklagten dort gesehen?", fragt er weiter. Sein Adamsapfel bleibt oben stehen.

„Nein, habe ich nicht", gebe ich zu.

„Aber Ihnen war klar, dass es sich um ein Gewaltverbrechen handelte? Sie sagten das der Polizei", fragt der Verteidiger.

„Ja", sage ich.

„Wie kamen Sie zu der Annahme?", fragt er.

„Ich wusste es einfach", sage ich leise.

„Woher?", fragt er.

Ich kann es nicht erklären. Ettes Blick ist auf mich

gerichtet. Ticker schaut nach unten, mit gebücktem Rücken.

„Sind Sie schon einmal von den Beklagten bedroht worden?“

„Nein“, sage ich. „Aber wir wussten doch alle, dass Ette völlig ausflippen kann. Und daran habe ich sofort gedacht.“

Ich sehe auf meine Hände, auf die Fingerglieder und die Nägel.

„Wenn Sie das wussten, wieso sind Sie dann mit den Angeklagten zu der Party gefahren?“, fragt er mich.

Ich kann nichts dazu sagen. Ich sehe mich genauer im Gerichtssaal um. Momos Mutter blickt mir genau in die Augen. Momo wirkt abwesend. Ihr Mund und ihre Augen sind geweitet. Sie starrt in grelles Sonnenlicht. Ihre Mutter wirkt wie ein Falke, wie ein zorniges Tier, das bereit ist, sich sofort auf alles zu stürzen, was zappelt.

„Ich weiß es nicht“, flüstere ich.

SARAH

Vor dem Sitzungssaal, in dem Gestank der Kippen, die in den Sand der Aschenbecher gedrückt sind, tue ich so, als würde es mit Ticker und mir einfach weitergehen.

Jetzt würde ich echt gerne eine Zigarette rauchen. Im ganzen Gebäude ist Rauchverbot, nur hier vor dem Sitzungszimmer nicht. Vielleicht will ich auch nur deshalb eine rauchen, weil die beiden Aschenbecher randvoll sind.

Ich setze mich. Ich zähle die Bodenfliesen.

Von Glastür zu Glastür sind es siebenundachtzig Bodenfliesen. Die halben unter der Fensternische sind vier, also zwei ganze.

Ich stelle mich wieder ans Fenster. Immer noch acht Autos.

Eine Frau läuft über den Parkplatz. Sie trägt ein rotes Sommerkleid, das flattert ihr um die Beine. Sie sieht jung aus, fröhlich, zielstrebig. Ihre dunklen offenen Haare wippen im Takt ihrer energischen Schritte. Ihr Kleid ist wie eine Fahne und ihr Haar der Wimpel darüber. Sie wirkt sorglos. Bei einem kleinen roten Auto flackert das Licht auf. Sie fährt tatsächlich weg. Nun sind es nur noch sieben. In meinem Brustkorb flattert es.

Ticker hat nichts damit zu tun. Das will ich sagen. Ette ja, das ist ein Arschloch. Aber Ticker, Ticker ist weich und warm und lächelt so scheu, wenn es um Sex geht.

Momo lügt. Das will ich sagen. Aber ich werde nicht gefragt.

ETTE

Ich könnte ihr die Zähne eintreten und dann ins Gesicht wichsen, der blöden Fotze.

Fünf Jahre, fünf beschissene Jahre.

MOMO „Aber deine Mama würde bestimmt gerne hingehen!", meint Opa spöttisch. Er sitzt im Schlafanzug im Wohnzimmer. Er langweilt sich.

Das Fenster ist weit geöffnet. Heute ist Fronleichnam und einer der Umzüge des Schützenvereins. Das machen sie nun den ganzen Sommer lang, bis zum großen Schützenfest im August. Heute haben sie am Bahnhof eine Schießbude und einen Bierstand aufgestellt.

Opa war niemals Schützenkönig, denn dazu braucht man viel Geld, aber er liebte den Verein, das Schießtraining, die Skatabende, die die alten Herren abhalten, und den ganzen Scheiß. Jetzt sitzt er hier und kann nur noch die Blasmusik hören. Seine Finger klopfen den Takt.

„Red nicht so einen Quatsch!", ruft Mama.

Mama hat den Fernseher laut gedreht. Sie macht sich nichts aus Schützenmärschen.

„Ihr könntet zusammen hingehen. Das Kind sitzt nur noch hier rum und träumt vor sich hin!", ruft Opa über den Lärm, der aus dem Fernseher kommt.

„Lass Momo in Ruhe! Was soll sie denn bei den ganzen Besoffenen?", brüllt Mama zurück. Danach stellt sie den Fernseher noch lauter.

Einer der Splitter, die in meinem Hals stecken, löst sich. Es fühlt sich an, als rutsche er nach unten.

„Seid still! Seid endlich still!"

Mama und Opa starren mich an. Verdammt, ich wollte sie nicht anschreien. Sie am allerwenigsten. Aber ich kann nicht aufhören.

„Ich bin nicht krank! Ihr müsst euch nicht um mich kümmern, als wäre ich nicht ganz dicht!"

Mama will etwas sagen. Sie legt den Kopf zur Seite,

die Augen offen und feucht. Sie liebt mich. Ich könnte kotzen.

„Dann sei doch endlich mal wütend: Und still bin ich noch lange nicht!", schreit Opa mich an. Seine Pyjamajacke ist vorne offen und ich sehe, wie er atmet und sich anstrengt.

Seine Augen sind schrecklich hell.

Ich trete gegen den niedrigen Tisch, auf dem der Fernseher steht. Mama springt auf.

Ich werfe mit einer Tasse nach Opa. Ich spüre die Muskeln im Arm wie ein Echo.

Er starrt mich weiter an.

„Verdammt!", sage ich. Mein Arm will sich weiter bewegen. In meinen Beinen zittert der Zorn. Ich schaue zu Opa.

Er hebt die Arme, als wisse er nichts zu sagen.

„Verdammt!", flüstere ich noch mal. Nur Opa kann das hören, denn er hält mich ganz fest in seinem Arm.

JENNY Dieser dämliche Schützenverein. Heute Abend ist großer Zapfenstreich. Wie mich das ankotzt. Wie mich das verdammt noch mal ankotzt.

Ich höre sie bereits marschieren. Sogar hier oben in der Siedlung. Tschingdarassa bumm!

Das Schlimmste ist: Ich habe meine Haare über die Rundbürste geföhnt, bis sie glatt und lang über meine Schultern hängen. Ich trage ein knappes Oberteil. Meine Lippen leuchten mir aus dem Badezimmerspiegel entgegen. Lipgloss in Tiefrot. Jeder Pickel ist sorgfältig abgedeckt, übertupft und überpudert. Meine Ohrringe ziehen ganz schön nach unten. Die Füße tun mir auch weh. Aber die hohen Schuhe machen meine Beine schlanker. Ich will schön sein, schlank sein. Dazugehören. Und, ehrlich gesagt, ich hoffe, dass dieser Ronnie da ist.

ETTE Glaubt irgendjemand, dass im Leben alles Zufall ist? Ich jedenfalls nicht. Heute Morgen geht hier die Zellentür auf. Sozialstunde. Okay, muss ich machen. Ist ein fortschrittlicher Knast hier. Resozialisierung, was bedeutet, dass ich hier brav meinen Schulabschluss nachmache und insgesamt ein wertvolles Mitglied dieser Gesellschaft werde. Ich bin dafür.

Sie ist bestimmt zwanzig Jahre älter als ich. Sie steht da wie ein Opfer. Krummer Rücken, das gequälte Grinsen ins Gesicht getackert, die Augen genauso auf den Linoleumboden gerichtet. Das ist kein Zufall. Sie hat genau das, was ich an meinen Gegnern immer gehasst habe. Unterwürfig wie ein kleiner Hund, den ich quälen kann und der mir dann immer noch nachläuft.

Halb bin ich erleichtert, denn diese Schlampe kenne ich sozusagen schon. Weiß, wie ich gegen sie spielen muss. Ist also ein leichter Kampf. Aber ich bin auch sauer. Es geht schon wieder von vorne los. Was ich am meisten hasse: Sie erinnert mich daran, wie mein Bruder auf mir sitzt, beide Knie auf meinen Armen, und Spucke in seinem Mund sammelt. Mit seinen Händen hält er mich an den Ohren. Dann öffnen sich die Lippen und sein Rotz tropft mir langsam mitten ins Gesicht. Seine Freunde lachen wie verrückt. Ich bin noch klein, sieben vielleicht.

JENNY Ich nehme das Fahrrad von meinem Bruder. Hoch zum Silbersee. Ich bin viel zu dick für so etwas. Unter den Armen habe ich schwitzige Meere. Ich hasse diese Straße. Wahrscheinlich schmilzt der Teer in dieser Hitze und hält mich fest. Als würde ich durch Kleister radeln. Es brennt in meinen Augen, meine Arme zittern. Ich sollte das nicht tun, nicht bei dieser Hitze.

Meine Beine können nicht mehr. Mit dem Auto ist die Strecke von der Stadt zum Silbersee in ein paar Minuten gefahren.

Das ist doch Wahnsinn.

Die Straße biegt zwischen den Bäumen ein. Wenigstens Schatten. Ich will doch nur ein bisschen am Ufer sitzen und meine Füße ins Wasser halten.

Es sind mindestens tausend Autos da, na ja, aber bestimmt hundert. Ich kann die Leute hören. Es ist laut, fast wie im Schwimmbad. Es riecht nach Grillwürstchen und Sonnenöl. Klar, an einem Samstag im Juni.

Die letzten Meter muss ich schieben. Ich kann einfach nicht mehr. Meine Füße tun weh. Dicke Klumpen.

Ich umrunde fast den ganzen See auf der Suche nach einem stillen Platz. Zwischen den Birken an der Nordseite. Ich packe meine armen Füße aus. Sie sind rot und geschwollen. Zwischen den Zehen hängen Reste von den Socken. Es sieht unsommerlich aus. Alle anderen sind braun gebrannt und knackig, irgendwie sexy. Nur ich bin fett, weiß und hässlich.

MOMO Draußen gibt es kein Sportbecken. Ich schwimme bei dreißig Grad – und wir haben schon seit einer ganzen Woche dreißig Grad – drinnen. Es ist stickig und das Chlor reißt mir fast die Lunge kaputt. Trotzdem gehe ich schwimmen. Jeden Tag, jeden Morgen. In der Schule bin ich allerdings immer noch krankgeschrieben.

Ich denke beim Schwimmen über vieles nach. Wörter, die ich gehört habe, halbe Bilder, Erinnerungen. An Kleidungsstücke, an Gerüche, an Menschen. Mit jedem Schwimmzug sinken sie ein bisschen tiefer ins Wasser hinab und lösen sich ein wenig mehr auf. Sie werden hier sozusagen chloriert.

An manchen Abenden in der Klinik habe ich mich gefühlt wie nach den Besinnungswochenenden, zu denen ich gefahren bin, als ich in der Firmungsgruppe war. Getröstet.

Hier ist das nicht so. Opa liegt heute apathisch in seinem Bett. Morgens kommt jetzt eine Schwester von der häuslichen Krankenpflege. Sie ist dick und immer in Eile. Aber Opa mag sie. Er macht ihr Komplimente, verdreht die Augen und hebt den Daumen zum Okay-Zeichen. Sie lacht darüber, aber sie zeigt, dass ihr die Schmeicheleien eines alten Mannes willkommen sind.

Opa ist süß. Aber heute Morgen hat die Schwester einen Tropf angeschlossen, weil Opa zu wenig trinkt.

Wo Sonnenstrahlen auf dem Wasser tanzen, bin ich am liebsten. Ich tue so, als sei es flüssiges, aber kühles Silber. Es bietet in meiner Einbildung mehr Widerstand und meine Armmuskeln strengen sich an. Sie spannen sich unter der Haut. Mit Wucht drückt ihre ganze Energie gegen das Wasser. Ich tauche den Kopf in das Silber, ohne zu atmen, stoße die letzte Luft unter Wasser aus, schnelle empor wie ein junger Delfin und schlage mit dem Brustkorb in das spritzende Silber ein. Dann eine schnelle Wendung und schon kämpfe ich mich wieder durch das Metall.

Benders O-Beine stehen am Rand. Er beobachtet mich.

Ich halte mich am Beckenrand fest. Für einen Moment ist alles wie früher. Ich schwimme, er trainiert mich.

Von unten kann ich seine Nasenhaare sehen, seine Lippen, die Anweisungen geben, wie früher an jedem Tag.

„Talent allein ...“, beginnt Bender. Dann hebt er hilflos seine Hände.

„Ich denk drüber nach“, sage ich. Ich schwimme weiter.

JENNY

Sie trägt eine unmoderne, gemusterte Bluse und sitzt auf ihrem alten Rad. Sie strampelt den Berg zum Schwimmbad hoch. Sie ist braun gebrannt, noch dünner, als ich sie in Erinnerung hatte. Ihre Haare sind kürzer, aber ich erkenne sie trotzdem sofort. An ihren Bewegungen, dieser geraden Haltung. Ihr Körper ruckt jedes Mal nach vorne, wenn sie in die Pedale tritt.

Ich wünschte, heute würden nicht die ersten beiden Stunden ausfallen und ich säße in der Schule und könnte einfach nur rechnen oder im Atlas herumblättern, anstatt hier an der Bushaltestelle zu stehen. Sie kommt nicht zur Schule. Der Müller ist das nur recht.

Momo sieht mich nicht. Ich hätte das auch nicht gewollt. Ich hätte nicht mit ihr reden können.

Ich habe gedacht, ich würde Mitleid fühlen, so etwas hatte ich mir vorgestellt. Aber das stimmt nicht. Ich will nur nicht von ihr gesehen werden.

SARAH

Lieber Ticker,
Dein Vater hat mir Deine Adresse gegeben.
Ich bin ganz traurig, dass Du jetzt dort bist. Wie geht es Dir?
War bei der Verhandlung, auf dem Flur, hast Du mich gesehen? Ich habe Dich nur ganz kurz gesehen, eigentlich nur Deinen Hinterkopf.
Wir hätten nie zu dieser Scheißparty gehen sollen.
Dein Vater sagte mir, ich könne mal mit zu Besuch kommen, vielleicht mache ich mal blau deswegen.
Möchte Dich gerne sehen. Ich glaube nichts von dem, was erzählt wird.
Deine Sarah

TICKER Ich muss den Brief beantworten, aber ich weiß nicht, wie. Klar will ich sie sehen. Aber nicht, wenn sie traurig ist. Was denkt sie denn? Und ihre Kuhaugen, ganz rund und bestimmt rot vom Weinen.

Der Pfaffe war hier. Hab ich mir ganz anders vorgestellt, den Pfaffen. Kommt hier rein in seinem Holzfällerhemd. Hat mich vollgelabert. Nein, war okay, dass er bei mir war. Hat mich zum Gottesdienst eingeladen. Was, verdammt noch mal, soll ich da?

Jetzt könnte ich gut mit Sarah reden. Oder mit Ette.

Hannes, der schon länger hier ist, hat mir erzählt, dass Draußen das Wichtigste ist. Wenn nichts mehr von draußen kommt, bist du hier verloren. Ich bin sowieso verloren. Ich habe eben geweint. Ich hab geflennt wie ein kleines Mädchen. Vom Umschluss gekommen, das Klackern vom Schlüssel hinter mir gehört, und schon ging's los.

MOMO Opa schläft. Er hat heute nur einen halben Pudding gegessen. Der Schlauch hängt wieder an seinem Arm, jede Sekunde ein Tropfen Flüssigkeit. Es ist viel zu heiß für ihn. Er trinkt zu wenig und schwitzt es sofort wieder aus.

Ich sitze neben seinem Bett. Sein Gesicht ist alt und zerfurcht, seine Bartstoppeln sind grau.

Ich will gerade aufstehen, als sich seine Augen bewegen. Erwacht er oder träumt er? Wenn man träumt, bewegen sich die Augäpfel hinter den Lidern, so als sähen sie sich die Träume an wie einen Film.

Ich taste mich an seine Hand heran.

„Ich bin wach, Liebchen, bleib einfach ein bisschen hier."

Er hat mich schon ewig nicht mehr Liebchen genannt. Ich streichele seine Hand. Ganz zart, damit er sich nicht gestört fühlt. Meine Augen werden nass.

JENNY Ich bin total bescheuert, aber ich setze mich in das Café, das gegenüber von Momos Wohnung liegt.

Da warte ich dann. Auf Momo. Irgendetwas muss sie doch tun, oder?

Die Gardinen waren zugezogen, das Zimmer von ihrem Opa sogar abgedunkelt.

Was macht sie sonst so? Ich sitze dort vor meinem Wasser und sehe zu, wie die Kohlensäure allmählich herausblubbert.

Viele, die ich kenne, kommen vorbei. Aber sie schauen nicht in das Café. Normalerweise essen hier Omas ihren Sonntagskuchen.

Als ich das Café verlasse, stoße ich mit einer Frau zusammen.

„Entschuldigung!", sage ich.

Sie geht wortlos weiter. Es ist Momos Mutter. Vielleicht hat sie mich nicht erkannt. Das hoffe ich zumindest.

Ette

Hey Ticker!
Meine Mutter war hier. Sie sah gut aus, gar nicht mal so schlecht für ihre achtunddreißig Jahre. Sie hat mir einen Haufen Sachen gebracht, alles Mögliche. War der erste Besuch hier und sie war gar nicht so geschockt. Dachte ich mir schon, kennt sie ja von meinem großen Bruder.
Ansonsten nichts Neues. Momentan kein Umschluss, weil ich mein Maul nicht halten konnte. Kennst den alten Ette ja. Wenn mir was nicht passt, mach ich das Maul auf.
Hatte gestern tierische Zahnschmerzen, aber der Sani hat mir voll das geile Zeug gegeben. War wie Breitsein.
Ansonsten nichts Neues. Das hier sitz ich auf einer Arschbacke ab. Und danach können die da draußen was erleben.
Du bist wie ein Bruder, also eigentlich noch mehr wie ein Bruder. So, wie ich mir immer einen Bruder gewünscht habe. Denke auch viel an die geile Zeit draußen. Das kommt wieder, bestimmt!
Ette

Sarah

Mir ist ganz schlecht vor Aufregung. Ich mache blau, in der Schule gibt es heute sowieso nichts Interessantes, und fahre zu Ticker. Mit dem Zug, dann mit dem Bus, jedenfalls habe ich mir das so aus dem Internet ausgedruckt. Es ist heiß. Seit über einer

Woche steigt das Thermometer jeden Tag auf über dreißig Grad.

Ich habe mich extra schön gemacht für Ticker. Mit Rock und lackierten Zehennägeln, damit ich ihm gefalle. Ich habe ihn seit der Verhandlung nicht mehr gesehen. Ich spüre, wie wieder das helle Gefühl hinter meine Stirn kommt, so als bekäme ich keine Luft mehr, als würde ich gleich ohnmächtig.

Der Zug fährt an einem kleinen Fluss entlang. Grüne Hügelkuppen. Pferde stehen auf den Koppeln und grasen. Das Gras wirkt saftig.

Marie würde sagen, ich sei total bescheuert, wenn sie wüsste, warum ich heute nicht in der Schule bin. Aber was weiß Marie schon davon? Marie ist immer so selbstsicher, so entschieden. Das macht mich wahnsinnig. Wie sie arrogant schaut und mit ihrem tollen Freund angibt. Seit ein paar Wochen versucht sie mal wieder, mich mit einem ihrer Studenten zu verkuppeln. Aber jetzt bin ich unterwegs. Ich rede ununterbrochen mit Ticker, in meinen Gedanken. Es ist so, als führe er neben mir in diesem Zug, als zeige er mir den Fluss und die Pferde.

„Ist hier noch frei?“, werde ich gefragt.

Ich zucke mit den Schultern.

Er setzt sich. Er sieht jung aus, nett.

„Darf ich dich noch was fragen?“, meint er.

„Hm“, mache ich.

„Bist du nur schlecht gelaunt oder habe ich wirklich keine Chance bei dir?“

Ich starre ihn an.

Er lacht sich fast tot über mein Gesicht. Dann steht er auf und geht weiter, immer noch lachend.

JENNY Ich lege den Hörer auf, ohne telefoniert zu haben. Verdammt. Ich bin ein Arschloch. Ich bin ein feiges Arschloch!

Das Wohnzimmer ist abgedunkelt, weil es draußen so heiß ist. Staub tanzt in den schrägen Strahlen, die der Rolläden durchlässt. Ich überlege, ob ich das zeichnen kann.

Und wenn ich das könnte, ich bin trotzdem feige.

Ich habe mir immer gewünscht, mit Sarah richtig dick befreundet zu sein. Weil sie hübsch ist, weil sie anerkannt wird, weil sie einfach richtig ist. Hab mich fast überschlagen, um bei Sarah anzukommen. Oh Mann, Sarah braucht nur irgendwo hereinzukommen und alle wollen sie kennenlernen, mit ihr reden und mit mir auch.

Sie hat sich sofort Ticker geschnappt. Und diese ganze Clique um Ette. Und ich habe mir noch was drauf eingebildet. Die kamen mir ja so toll vor, nach diesen Scheiß-Schützenhaus-Samstagen.

Ich wähle Momos Nummer.

„Hey, ich bin's, Jenny. Kann ich vorbeikommen?"

Momo sagt ja.

MOMO Es ist ungewohnt, Besuch zu haben. Wir gehen in mein Zimmer. Jenny sieht sich um. Sie war lange nicht mehr hier. Unter dem Arm hat sie eine große Zeichenmappe.

„Du hast ja überhaupt keine Poster mehr", stellt sie fest.

„Ja, das war alles nur doofer Kram“, sage ich. Alle Urkunden, Medaillen und Pokale sind in Pappkartons im Keller untergebracht.

„Hast du einen Ascher?“

Jenny bietet mir eine Zigarette an. Ich nehme sie.

Sie zieht ein großes Bild aus der Mappe.

Zuerst erkenne ich nur die Farben, Grün, Grau und Weiß, mit Spritzern von Dunkelrot. Eine verschwommene Landschaft.

„Das ist für dich, wenn du es haben willst“, sagt Jenny.

„Also, sei mir nicht böse, aber was soll das darstellen?“, frage ich zurück.

„Es heißt ‚Bewegliche Ziele‘. Es sind Zielscheiben, die durch den Wald laufen.“

Jenny wirkt unsicher.

„Es ist gut.“

Ich erkenne es plötzlich. Das Seeufer im Dunkeln, der Basalt.

Jenny erzählt von der Gärtnerei und ihrem Ausbildungsvertrag. Mein Blick ist immer noch auf das Bild gerichtet.

Ich habe plötzlich Angst, dass sie schnell wieder abhaut.

„Ich will hier nicht mehr wohnen“, sage ich. „Aber ich will auch nicht ohne Opa und Mama sein.“

„Klar, die sind echt korrekt.“

Jenny spielt am Aschenbecher herum.

„Ich habe sie bewundert, besonders vor Gericht. Sie waren echt korrekt. Mehr als das.“

Ich sehe kurz auf Jennys Scheitel. Sie fummelt noch immer an dem Aschenbecher.

„Ja, und dich fand ich auch korrekt. Weißt du, dass mein Anwalt gesagt hat, dass der Rettungswagen ein großes Glück war?", sage ich.

Ich meine das so.

„Hm", macht Jenny. „Aber vor Gericht habe ich dir nicht geholfen."

„Aber da hat mir vor allem die gute Spurenlage geholfen."

Ich denke an die Sätze, die der Anwalt damals gesagt hat.

„Bist du nicht manchmal wütend?", fragt sie.

„Ja", sage ich. „Auf mich selbst am meisten. Ich habe das so satt."

„Und auf Ette und Ticker?"

Ich stelle mir vor, wie ich sie angreife, wie ich sie schlage, aufschlitze, erschieße. Aber das sind nur Vorstellungen.

„Selten. Sobald ich an sie denke, bekomme ich Angst. Schäme mich sogar. Besonders, wenn ich mir vorstelle, dass sie irgendwann wieder draußen sind."

Wir schweigen beide.

Auf dem Bild kann ich jetzt eine kleine Gestalt erkennen, unten links in der Ecke, zusammengekauert, unter einer Jeansjacke, im Regen.

„Ich will nicht weiter darüber reden", sage ich.

Mein ganzes Gesicht brennt. Ich nehme noch eine Zigarette.

„Das Bild ist gut, wirklich", sage ich.

Ticker

Liebe Sarah,
was machst Du so? Wie ist es draußen? Das Einzige, an das ich denken kann. Draußen sein.

Ich bin fast verrückt geworden, weil so lange kein Brief kam. Und dann standest Du einfach so im Besuchszimmer! Ich liebe Dich!

Inzwischen habe ich hier sogar so etwas wie einen Kumpel. Er ist zwei Jahre älter als ich und heißt Hannes. Wir passen ein bisschen aufeinander auf. Wenn Umschluss ist, gehen wir meist zusammen auf die Zelle. Oder im Sport sind wir in einer Mannschaft.
Du wirst lachen, ich habe hier drin angefangen zu lesen. Also, ein Buch hab ich schon durch. Es heißt „Der Fänger im Roggen". Ist ein komischer Titel, aber lies es bitte auch. Das hat Hannes mir empfohlen. Ich habe dann das Gefühl, dass wir näher zusammen sind, wenn wir die gleichen Bücher lesen.
Bitte schreib mir! Bitte besuche mich noch mal!
Ticker

Ette

Ich kann Stille gut ertragen. Ich kann gut auf meinem Bett liegen und träumen. Ich werde mit allem fertig. Auch mit dem Knast. Es war mir immer schon klar, dass das mal so kommen würde. Das oder ein Unfall oder etwas, was als Unfall bei einer Boxerei gelten kann.

Ich war fast erleichtert, als die Bullen auftauchten und uns festnahmen. Ich spürte vor allem, wie gerade mein Rücken war, als es endlich passierte. Ich spürte meinen Kiefer, der kaum auseinanderging. Aber mit denen wollte ich sowieso nicht reden. Ich werde damit gut fertig. Zehnmal, nein, hundertmal besser, als diese ganzen Kacker das hier denken. Sollen sie mich doch einsperren, sollen sie mich doch mit Handschellen durch die ganze Stadt führen, nur um zu zeigen, dass sie mich haben. Demütigen lasse ich mich davon nicht. Ich könnte denen erzählen, was Demut wirklich bedeutet. Aber ich tu's nicht.

Ich liege hier in meiner Zelle und starre auf das Muster, das der Riss in den Putz an der Decke zeichnet. Wenn heute Abend das Essen kommt, wird der Wärter denken, ich hätte mich gar nicht bewegt.

MOMO Jetzt sind wir hier im Krankenhaus. Mama weint. Wir sitzen beide an Opas Bett. Es laufen viele Kanülen in Opas Arme hinein. Seine Falten werden immer tiefer.

Es geht zu Ende. Ich sehe ihn an. Vielleicht blinzelt er ja noch mal. Vielleicht erkennt er uns ja noch mal. Vielleicht spricht er.

Mama hält seine Hand und redet mit ihm. Sie sagt Danke. Sie sagt Danke für mich und für sich. Für alles, was er getan hat. Tränen rollen über ihre Backen. Sie tropfen auf Opas Hand und auf seine weiße Bettdecke. Sie machen graue Flecken.

Ich will auch etwas sagen. Aber es geht nichts durch meine Kehle. Ich bin wie abgeschnürt.

Später kommt eine Schwester. Sie legt Mama die Hand auf die Schulter. Opa ist tot. Er atmet nicht mehr. Seine Haut fühlt sich rau an, als ich ihn küsse.

TICKER

Okay, bin ich ein Loser, ein kleines Arschloch, das der doofen Sau mit den Schleimzähnen seinen MP3-Player abdrücken musste.

Ich habe gegen die Wände getreten. Auch Hannes kann da nichts machen. Gegen den kann keiner was machen.

Einer der Schließer hat's sogar gesehen und Schleimzahn sagt zu ihm: „Hey, ist doch nur geliehen, für ein paar Tage."

Mein ganzer Körper zittert. Aber so ist das hier drin. Nicht so, wie ich das Sarah schreibe, der kleinen Gymnasiums-Maus. Hier ist ständig Kampf, viel schlimmer als draußen, viel schlimmer als überhaupt.

Gestern war der Pfaffe wieder da. Wollte reden, wollte gut Freund sein. Ich mag ihn nicht.

SARAH

Zweimal Post heute. Serge schickt mir eine Postkarte aus Arles in Südfrankreich. Sein schriftliches Deutsch ist fast genauso französisch wie sein mündliches. Ticker schreibt, dass er Zigaretten braucht und dass er mich vermisst.

Ich wähle Maries Nummer.

„Hallo?“

„Hallo, hier ist Sarah. Ich möchte gerne ein bisschen quatschen. Hast du Zeit?“

„Klar, ist was mit Serge?“, fragt sie. Marie klingt interessiert. Ich kann mir richtig vorstellen, wie sie im Liegestuhl auf ihrer Terrasse sitzt und sich in der Sonne aalt und dabei langweilt.

„Nein, nicht mit Serge. Mit Ticker“, sage ich.

„Wer war das noch mal?“, fragt Marie. Ihre Stimme klingt wie Sonnenöl auf brauner Haut.

„Na, du weißt schon. Ticker. Er hat mir geschrieben.“

„Und du überlegst dir ernsthaft, ob du ihm antworten sollst?“, fragt Marie zurück.

„Hm.“

„Okay, Sarah, dann überlege dir doch einfach mal, ob er dir antworten würde. Er fährt zu einem Konzert, lernt eine nette Französin kennen, na ja, das alles eben. Würde er dir schreiben? Wenn du im Knast wärst?“ Sie macht eine gefährliche Pause. „Nein, würde er nicht. Vielleicht würde er sich das vornehmen, vielleicht würde er dir mal eine Postkarte schreiben und dann vergessen, sie abzuschicken.“

„Doch, ich glaube schon, dass er mir schreiben würde“, sage ich langsam. „Er hat mir ja schon geschrieben.“

Marie stöhnt laut.

„Du sitzt auch nicht wegen Körperverletzung, Raub, Vergewaltigung und was weiß ich noch alles im Knast. Vergewaltigung!“ Marie wird lauter. „Der Typ hat sonst keinen mehr. Hey, der war schon vorher abgefuckt und ist es jetzt noch viel mehr.“ Sie schreit jetzt fast.

„Serge hat mir auch geschrieben, aus Südfrankreich."
„Na also, das ist doch viel netter."
Marie hat keine Ahnung.

MOMO Ich habe die ganze Nacht nicht geschlafen. Jetzt ist halb sieben am Morgen. Tante Marion liegt im Wohnzimmer. Heute ist die Beerdigung.

Ich putze mir die Zähne und ziehe mir etwas an. Dann setze ich mich in Opas Zimmer. Sein Geruch ist noch da.

Später werden wir in die Friedhofskapelle gehen, wo Opa im Sarg liegt. Oder nur sein Körper. Und dann werden wir auf den Friedhof gehen, wo die Schützen in ihren Uniformen stehen und für Opa schießen werden. Dann wird der Sarg gesegnet und dann wird er in die Erde gesenkt werden.

Opas Bettzeug hat ein paar Flecke, dort, wo er seinen Pudding gekleckert hat, vor ein paar Tagen. Ich tippe mit dem Finger darauf.

Dann gehe ich zum Schrank. Seine Anzüge hängen ordentlich da. Einer neben dem anderen. Dazu seine Krawatten und seine weißen und beigen Hemden. Auch seine Schuhe stehen da, ordentlich geputzt und poliert, damit man sich darin spiegeln kann. Dahinter stehen ein paar Schuhkartons. Im Schrank riecht es nach Thymian und Opas Rasierwasser. Ich beuge mich weiter vor, um diesem Geruch näher zu sein, dem Tanzteegeruch, der sonntags an Opa zu riechen war. Ich hebe den Deckel von einer Schachtel. Es sind alte

Fotos darin, Glückwunschkarten und alte Einladungen. Opa und ich haben sie früher oft angesehen, ich kenne sie alle. Dazu seine Papiere. Rentenbescheinigungen, Knappschaftspapiere, Kontoauszüge, alte Arbeitsverträge. In der untersten Schachtel ist Opas Waffe, eine alte. Aus der Zeit vom Schützenverein. Ich wickle sie aus dem weichen Fensterleder und rieche daran. Rost und Maschinenöl. Ich lege sie wieder zurück.

JENNY

Wir stehen vor der Tür der Kapelle. Es ist heiß und der eine oder andere wischt sich verstohlen den Schweiß ab. Tims Blick geht geradeaus. Seine Oberlippe ist feucht.

Daniel dreht verlegen an seiner Armbanduhr herum.

Ich bin auch in Uniform. Weil es Momos Opa gefallen hätte, aber mir ist schrecklich heiß darin.

Dann beginnt drinnen der Rosenkranz, den die Frauen beten, das Zeichen, dass nun der Sarg aus der Kapelle kommt. Von sechs Männern getragen, schiebt sich das dunkle Holz an mir vorbei. Nun kommen die Messdiener, mit Rauchfass und tragbarem Lautsprecher, dann der Pfarrer, der den Rosenkranz vorbetet. Dahinter gehen Momo, ihre Mutter und ihre Tante, alle drei ganz in Schwarz.

Wie eine Woge geht das Antwortgebet über mich hinweg. Ich weiß kaum die Wörter. Mein Vater betet mit, Daniel auch.

Meine Uniform ist mir plötzlich zu eng. Ich möchte zu Momo gehen, möchte sie in den Arm nehmen, um selbst getröstet zu sein. Ich möchte mitbeten können, die ganzen Wörter aufsagen. Beten für uns alle, für Momo, die sich nicht unterkriegen lässt, für Frau Sand, die sich solche Mühe mit mir gibt, und für alle anderen, sogar für die, mit denen ich nichts mehr zu tun habe: Sarah, Solli, Pascal, vielleicht sogar für Ticker und Ette. Ich will einfach versöhnt sein mit allen, wenn man zum Schluss in einer dunkelbraunen Kiste liegt.

Wir gehen hinter dem Sarg her. Langsame Schritte, die Füße sind lange in der Luft. Dann sind wir am Grab. Es sieht kleiner aus, als ich gedacht habe. Und das Unglaubliche ist, dass der Sarg dort tatsächlich hineingesenkt wird. Ich sehe zu Momo hin. Ihre Mutter weint, aber Momos Gesicht ist leer und scharf in der Sonne.

SARAH

„Das ist doch einfach krank! Wie kannst du diesen Typen lieben?"

Marie starrt mich über die Matheaufgaben an. Wir sitzen bei ihnen im Garten unter den schattigen Kirschbäumen und versuchen zu lernen.

„Ich werde jedenfalls nicht noch mal mit irgendwelchen Physikstudenten ausgehen!" Ich sauge am Strohhalm.

„Aber das ist das Beste, was du machen kannst. Vergiss dieses Arschloch. Er ist eine Drecksau." Marie schaut zur Verandatür, ob ihre Mutter zuhört. Aus ihrem Mund klingen solche Wörter, als würden sie an ihren Lippen explodieren.

„Ist er nicht! Er ... er war doch nur dabei. Du kannst dir Ette nicht vorstellen, wenn er ..."

„Verteidige deinen Süßen! Los, sag doch, dass das alles nur Zufall war. Weißt du überhaupt ..." Sie verstummt.

Im Haus sind Schritte zu hören.

Marie greift hektisch nach ihrem Stift.

„Lernt ihr auch schön?", fragt Maries Mutter von der Verandatür aus. Sie trägt ein weißes Leinenkleid mit Spaghettiträgern und eine große, runde Sonnenbrille. Wenn Frau Bürger nicht so eine entsetzlich quäkende Stimme hätte, könnte sie fantastisch sein. Sie stellt einen großen Teller mit Melonenschiffchen auf den Terrassentisch.

„Ja, Mutti", quäkt Marie zurück. Ihre Mutter verschwindet wieder.

„Also ...", fängt Marie wieder an und beugt sich verschwörerisch nach vorne. „Du weißt gar nichts. Du bist einfach nur verknallt und willst nicht, dass das so plötzlich vorbei ist."

„Na und?"

„Hat dein Ticker dir jemals erzählt, was in der Nacht passiert ist?"

„Hat er nicht!", sage ich. „Und das hat er auch nicht nötig. Er weiß, dass ich ihm traue."

Marie lässt meinen Arm los.

„Na, dann ist ja alles klar", sagt sie kalt. Ihre Mundwinkel ziehen sich spöttisch nach unten.

Momo Das Schützenhaus sieht frisch renoviert aus. Es gibt einen Raum, in dem die Schützen trinken, und eine Schießanlage, in der sie trainieren.

Heute ist Trainingsstunde für die Fortgeschrittenen. Bert, der Schieß-Trainer, ist bereits auf der Anlage. Auch Jenny, Tim und Manuel sind schon da. Sie grinsen.

„So, dann zeigen wir den Mädels mal, wie man schießt!", meint Manuel.

Ich grinse zurück. Ein weiterer junger Typ kommt herein. Er heißt Daniel und sieht aus wie aus einer Werbung für Outdoor-Klamotten. Gesund. Blaue Augen, braune Haut.

Die Waffen sind in einem Schrank eingeschlossen. Daniel ist der Schlüsselwart, was wohl eine ziemliche Ehre ist.

„Gib Monika mein altes Luftgewehr. Die macht heute mit", meint Tim großzügig.

Daniel zeigt sein Reklamelächeln und zieht ein Gewehr aus dem Schrank. Er drückt es mir in die Hand. Es fühlt sich kühl an.

„Die Munition muss ich erst noch suchen!", erklärt er.

Die anderen lachen. Anscheinend ist dieses Luftgewehr nicht das, womit normalerweise geschossen wird.

Die Jungs haben Pistolen, die aussehen wie aus einem Film. Jenny hat auch eine Pistole.

Dann gibt es die Ohrenschützer. Sie nennen sie Micky-Mäuse.

Am Ende des langen Ganges sind Zielscheiben.

Daniel bemerkt mein Zögern.

„Das ist schon alles okay. Du hältst dich einfach daran, was Bert dir sagt."

Ich nicke.

„Sonst kann es gefährlich werden." Ein breites Lächeln geht über sein Gesicht.

Bert kommt zu mir und rückt alles an meinem Körper zurecht.

„So, und nun schön zielen. Und dabei die Atmung nicht vergessen. Atmung ist von Anfang an das Wichtigste."

Ich atme also und ziele auf die Mitte der Scheibe.

An meinem Zeigefinger spüre ich einen kleinen Widerstand. Ich schließe den Finger weiter und es gibt einen Knall.

„Total verzogen", sagt Bert trocken. „Im Moment, in dem du abdrückst, musst du weiteratmen. Dich weiter auf das Ziel konzentrieren."

Ich schieße ein zweites Mal.

„Das war besser! Viel besser!", lobt Bert.

Ich schieße den ganzen Nachmittag. Es macht Spaß. Sich richtig hinstellen, atmen, Ziel fixieren und abdrücken.

TICKER

Sitzen, stehen, liegen, drei Schritte gehen. Sitzen, stehen, liegen, drei Schritte gehen. Sitzen, stehen, liegen, bloß nicht schreien! Sitzen, liegen, stehen, bloß nicht schreien, bloß das nicht.

Es hat Ärger gegeben. Keinen richtigen. Nur gerade so viel, dass ich Bescheid weiß. Mit diesem Arschloch mit den Schleimzähnen. Also, ich hatte eigentlich gar nichts damit zu tun, nicht direkt. Wir zogen uns nach dem Sport um, da packt er sich plötzlich den kleinen Türken und haut ihn gegen die Bank.

Der Türke hatte Blut im Gesicht, von der Nase. Der Türke wusste warum, glaub ich.

Aber für mich gilt das genauso. Er ist Chef. Schleimzahn-Chef. Wenn Ette hier wäre, ich würde den plattmachen. Diese dumme Sau.

SARAH Die Wände sind hellgelb gestrichen. Ich warte, dass die Besuchszeit anfängt. Zehn vor neun. Fünfzig Kilometer weit weg beginnt die Mathearbeit. Ich halte den Besuchsschein zwischen den Fingern und überlege mir, was ich sagen will. Mein Kopf fühlt sich heiß und leer an. Ich habe Angst vor Ette. Trotzdem muss ich mit ihm reden.

Ich versuche, mir Tickers Gesicht vorzustellen. Es klappt nicht. Serges Augen, Maries Mundwinkel, der schreiende Mund meines Vaters gestern Abend. Er war wieder zu Hause, aber nur um frische Wäsche zu holen. Und um mit Mama zu streiten und sich zu betrinken. Sie nennen das aussprechen. Mama schrie auch und dann weinte sie.

Papa wollte wieder gehen und Mama lief ihm hinterher, bis zum Auto, und stand dann da. Ihre Arme schlackerten lang um ihren Körper, als wisse sie nicht, was sie tun solle. Sie kam wieder ins Haus. Ich stand da und habe auch geweint. Sie umarmte mich und drückte mich fest an sich. Ich konnte nichts machen. Stand nur da und ließ das alles über mich ergehen.

Der Schließer kommt und winkt mir. Ich habe Zigaretten dabei und eine Tafel Schokolade. Bevor ich in die Schleuse komme, werde ich mit einem Metalldetektor überprüft. Dann geht die erste Tür auf. Die Zigaretten muss ich abgeben. Dann die zweite Tür. Der Besuchsraum.

Ich setze mich hin. Mein Mund ist trocken und alles, was ich fragen will, wirbelt mir durch den Kopf.

Ette steht hinter den Stäben der Tür wie ein Panther, dunkel und beweglich. Er hat sich überhaupt nicht verändert.

„Hallo“, sagt er zu mir und gibt mir die Hand.

Ich drücke sie kurz.

„Ich habe dir Zigaretten mitgebracht. Und Schokolade.“

„Das ist nett von dir.“

Ich merke, dass ich Angst vor ihm habe. Wir reden, stockend. Ich kenne ihn ja kaum. Ich weiß in Wirklichkeit nichts von ihm. Er zündet sich eine Zigarette an.

Ich nehme mir auch eine.

„Ich bin gekommen, um ...“, fange ich an.

Ettes Mundwinkel ziehen sich nach hinten. Er wirft einen Blick auf die anderen Gefangenen, die auch Besuch haben. Er sieht zum Fenster, als sei ich langweilig. Er wartet auf nichts, denke ich. Fünf Jahre lang. Seine Augen suchen nach nichts.

„Was ist an dem Abend passiert?“, frage ich. Ich spucke Ette mit der Frage fast an. „Das mit Momo, meine ich.“

„Gar nichts. Die spinnt doch“, sagt Ette und zuckt

mit den Schultern. Er lehnt sich zurück und verschränkt die Arme im Nacken. Dann fällt ihm wieder seine qualmende Zigarette ein. Er nimmt einen langen Zug, den Filter fest zwischen Daumen und Zeigefinger eingequetscht.

Ich zwinge mich, ihn weiter anzusehen.

„Vielleicht hat sie einfach nicht gemerkt, worauf sie sich einlässt. Keine Ahnung."

Er mustert die Spitze seiner Zigarette, so als müsse er überlegen, wie es überhaupt war. Dann richtet er seine Augen auf mich. Sieht mich an, dass ich fast sofort wegschauen muss. Ich schäme mich für das, was ich ihn fragen will.

„Und Ticker?"

Ette sieht durch mich hindurch, schaut fest auf einen Punkt hinter meiner Stirn. Er macht seine Zigarette aus, als hätte er damit einen Entschluss gefasst. Die Tabakkrümel zerbröseln im Aschenbecher.

„Ticker hatte überhaupt nichts damit zu tun." Ette zieht plötzlich sein Gesicht auseinander, lächelt mich an. Er beugt sich vor, beobachtet den Schließer kurz aus den Augenwinkeln.

„Du musst Ticker trauen. Er ist total verknallt in dich. Andere Mädels sind doch Luft für den."

Ette grinst weiter.

Ich nicke. Ich habe plötzlich Tickers Gesicht vor mir, wie er mit mir tanzt, umstrahlt von den roten und grünen Lichtern. Wie er mich angrinst, wie er sich zu mir bewegt, um mich zu küssen.

MOMO Die Müller, der Direx und meine Mutter sitzen am Tisch. Es geht um mich und mein weiteres Leben. Ich halte mich da raus. Sie wollen, dass ich das Jahr wiederhole. Um wenigstens einen Hauptschulabschluss zu bekommen.

Ich schaue aus dem Fenster. Der Schulhof ist verlassen, der Basketball-Korb, die Büsche, hinter denen geraucht wird, die beschmierten Toiletten.

Die Müller kann mir nicht ins Gesicht sehen. Auch der Direx schaut vor allem Mama an. Ich bin gar nicht da. Ich weiß nicht, wie es weitergeht.

JENNY Tim und Daniel besprechen den Turnierplan.

Ich schieße und schieße. Manchmal treffe ich besser, wenn ich kaum hinsehe.

„Mit dieser Laune kannst du auch Kirschkerne spucken!", sagt Daniel.

„Ach, sei still!"

„Also, Training ist das nicht." Mein Bruder grinst.

Ich rolle die Augen nach oben. Er nervt.

„Verschwendete Munition", macht Tim weiter.

„Ich hab noch was anderes zu tun, als mir anzuhören, wie schlau ihr wieder mal seid." Ich nehme das Magazin raus und drücke es Tim in die Hand.

„Hier, das schenke ich dir!"

Tim schüttelt den Kopf, damit ich weiß, was er von meiner sportlichen Einstellung hält.

Vor dem Clubhaus hält Manuels Roller im Kies.

„Hey, Jenny!“, brüllt er. Dann macht er die Maschine aus.

Hinter ihm sitzt einer, der mir bekannt vorkommt.

„Hallo, Ronnie.“

Ronnie nimmt den Helm ab. Ich muss aufstoßen.

„Ich wollte Ronnie mal unsere Pokale zeigen!“

„Okay“, sage ich langsam. Ich gehe hinter den beiden her.

SARAH Seine Handgelenke sind fast so dünn wie meine. Ich streichele mit meinem Zeigefinger darüber. Ticker lächelt. Er strahlt wie die Sonne, wenn er mich sieht. Er umarmt mich und erst, als der Vollzugsbeamte etwas sagt, lässt er mich los.

Wir reden nicht viel. Ich kann nicht. Ich habe ihn so lieb.

Ticker trägt ein verwaschenes T-Shirt und alte Jeans. Er ist blass. Seine Augen sind riesig. Ich halte seine Hand.

„Meine Eltern werden sich wohl scheiden lassen“, erzähle ich ihm. Das steht noch nicht fest, aber es fühlt sich so an.

Ticker nickt. Er nimmt meine Hand und lächelt aufmunternd.

„Ich kann gar nicht mehr mit ihnen reden. Sie beleidigen sich immer nur gegenseitig. Sie trinken auch wieder sehr viel.“

Er hört mir nicht zu. Sein Blick ist auf jemanden gerichtet, der Besuch von einem älteren Mann hat.

„Der da hat versucht, mich fertigzumachen“, flüstert Ticker mir zu. „Aber den mach ich fertig. Richtig fertig.“

Ich fasse seine Hand fester. Ich will nicht, dass er so etwas sagt.

„Kannst du es nicht melden?“, flüstere ich.

„Ich mach den fertig“, wiederholt Ticker leise durch die Zähne.

TICKER

Sarah war da, für eine lächerliche halbe Stunde hat sie mir gegenübergesessen. Meine Hand gehalten. Ich heule gleich los.

Nicht nur, dass eine Frau da war. Draußen, die ganze Zeit nur an draußen gedacht. So einfach. Aufstehen, Tschüs und gehen. In echt. An dem Schließer im Besuchsraum vorbei, an der Schleuse. Tür auf und raus. Sommer. Grillen. Nichts tun. Bier trinken. Gras rauchen. Lachen. Mit nichts was zu tun haben. Es war so bitter, dass sie da war.

Außer, dass der Schleimzahn ganz schön große Augen gemacht hat, als er mich mit so einer Frau gesehen hat.

Bei ihm war Vater Schleimzahn angerückt, so ’n Pech. Und endlich mal eins zu null für mich. Wenn mein Vater hier im Knast aufkreuzen würde, ich weiß nicht, ob ich mich dann nicht schämen müsste.

Heute Abend ist wieder Gruppenstunde bei der Psychologin. Ich gehe da jetzt regelmäßig hin. Es ist mir etwas peinlich und ich würde zu Sarah nicht sagen, dass ich bei der Gruppentherapie mitmache. Aber ich gehe gerne dahin, lieber als zu dem verfluchten Pfaffen.

Also, am Anfang war das ja noch ganz okay mit dem Pfaffen, aber nun nicht mehr. Die Psycho-Tante versteht wenigstens, was ich als Kind mitgemacht habe, also überhaupt, wieso ich so geworden bin. Aber als ich das dem Pfaffen erzählt habe, da meinte der nur, ich solle das Selbstmitleid lassen und endlich Verantwortung für mich übernehmen. Ich meine, was ist das denn für ein Bibelspruch? Die doofe Sau! Der weiß doch nicht, wie es ist, wenn man danebensteht, wenn der Vater die eigene Mutter fast krankenhausreif schlägt. Oder der Vater so viel gesoffen hat, dass er in seiner eigenen Kotze im Flur liegt. Oder was mit Mama danach passiert ist. Sie ist tot.

Weiß der, wie es mir das Herz zerreißt, wenn ich Sarah in ihrem kurzen Rock und mit ihren braunen Armen an den anderen Jungs vorbeigehen sehe? Wenn auch nur einer sie anspricht, dem könnte ich die Knochen brechen.

Aber das versteht der Pfaffe nicht.

MOMO Sie haben mir eine Torte gebacken und über den blauen und grünen Kacheln hängt ein handgemaltes Plakat mit meinem Namen. Tinas Gesicht strahlt.

Bender hält sich im Hintergrund, doch seine runden Beine federn, wenn er mal hierhin, mal dahin tritt.

Er freut sich. Er ist nervös. Sina und Elli, die beiden kleinsten unserer Trainingsgruppe, versuchen mehrmals zu singen, aber die anderen klatschen immer lauter.

„Jetzt lasst doch mal die Küken!“, ruft Peggy und schüttelt ihre langen Haare zurück.

„Genau“, rufen andere. Die lauten Stimmen hallen durch die Schwimmhalle. Es klingt wie kurz vor einem Finale. Dann wieder Applaus.

„Schluss jetzt! Sina und Elli wollen endlich singen!“, ruft Bender. Die Stimmung ändert sich sofort. Ellenbogen stoßen sofort gegen andere. Ermahnendes Geflüster. In Sekunden wird es still. Das Wasser im Becken ist plötzlich das einzige Geräusch.

Sina schluckt. Ihr kleines Gesicht wird ganz rot. Elli tritt nervös von einem Bein aufs andere, so als müsse sie mal dringend.

„So, jetzt, ihr beiden!“, nickt Bender ihnen aufmunternd zu.

Da beginnt das Lied. Es handelt von dem letzten großen Wettkampf, in dem ich Irina Taxacher geschlagen habe. Irina ist inzwischen Landesmeisterin.

Der Refrain lautet:

„Momo, die schwimmt Schmetterling,
schlägt die Landesmeisterin,
und wird sie wieder schlagen,
schon in ein paar Tagen!“

Beim zweiten Mal singen alle mit, sogar Bender. Ich küsse die beiden Kleinen auf die Backen. Die kleine Sina wird noch röter.

Plötzlich stehen alle um mich herum, nehmen mich in den Arm, reden durcheinander. Dann werde ich hochgehoben und herumgewirbelt. Alle zusammen fallen wir ins Becken, platschen und treten gegen das Wasser. Dann kommt die Pfeife. Das Training beginnt.

ETTE Neuer Knast, neues Glück. Das habe ich die Sozi einfädeln lassen. Die Acht um die Hände drückt ein bisschen, aber egal. Ein Schließer – ich nenne ihn Pickeldi, wegen seiner Haut – schwingt sich neben mich. Er soll auf mich aufpassen. Ich mag Pickeldi, jedenfalls tue ich so.

Wahrscheinlich gibt er mir zum Schluss die Hand und sagt „Nimmerwiedersehen". Der alte Witz.

Wir fahren. Die Sozialtante steht vor dem Tor. Sie winkt bestimmt. Ich drehe mich nicht mal um.

JENNY „Dieser Reflex hier, der geht überhaupt nicht mit den anderen zusammen." Frau Sand reibt mit dem Ringfinger über die weiße Kohle. „Insgesamt ist das gut gesehen, aber noch zu zweidimensional."

Ich nicke, während sie verbessert.

Sands bewohnen ein Haus, das mit Bildern gepanzert ist wie die Haut eines Schuppentieres, Bild an Bild. Die Bilder, die nicht mehr an die Wände passen, stehen in mehreren Lagen auf dem Boden, als hätte das Tier sich schon mehrmals gehäutet.

Frau Sand raucht Zigarillos und trinkt Sherry, während sie mir Zeichenstunden gibt. Ihr Mund ist heute ein freundlicher Rostton.

Ich reiche ihr meine Hausaufgaben.

„Das hier ist gut. Gute Reflexe, gute Oberflächenstruktur.“

Es ist eine einfache Studie von einem Wasserglas, nicht mal besonders groß.

Sie betrachtet die Skizze näher.

„Aber die Linienführung wird hier ein bisschen schwammig. Vielleicht ... sag mal, Jenny, hörst du mir auch zu?“

„Ja!“

„Dann wollen wir ein bisschen mehr über Perspektive reden.“ Sie nippt an ihrem Sherry und beginnt.

Frau Sand hört nicht auf zu reden. Die Stunde ist längst um. Die Sportschützen wollen heute Abend grillen. Hoffentlich kommt Ronnie auch. Hoffentlich starre ich ihn nicht an. Bestimmt findet er mich fett.

„Frau Sand? Ich muss heute pünktlich weg.“

Für einen Moment denkt sie, dass sie das hier alles umsonst macht. Dann zuckt sie mit den Schultern.

SARAH Mama kocht italienisch. Es gibt Saltimbocca, Rosmarinkartoffeln und gemischten Salat.

„Du kannst schon mal das Dressing machen“, sagt sie zu mir.

Ich rühre Essig und Öl zusammen und beobachte sie.

„Papa kommt gleich.“

Mir war schon klar, dass sie sich nicht für mich so anstrengt. Ich füge einen Teelöffel Senf hinzu.

„So geht das nicht ..." Mama nimmt mir die Glasschüssel aus der Hand, kippt alles in einen hohen Shaker, salzt, pfeffert und schüttelt das Ding. Ihr Mund wird ganz verbissen dabei.

„Entschuldige, ich ..." Ich bin genervt von ihrer Anstrengung, alles richtig zu machen.

„Deck lieber den Tisch. Er wollte um sieben Uhr hier sein. Spätestens."

Ich gebe mir mit dem Tisch viel Mühe, um Mama nicht weiter zu verärgern. Stelle Blumen hin, falte die Stoffservietten und binde die dunkelroten Schleifen darum.

Dann warten wir. Der große Zeiger an der Wohnzimmeruhr scheint sich gar nicht zu bewegen. Die Saltimbocca liegen im Ofen und werden langsam zäh. Der Salat zerfällt in der Schüssel auf dem Tisch. Die Rosmarinkartoffeln trocknen vor sich hin. Mama steht jede Minute auf und kontrolliert etwas in der Küche. Sie ekelt mich an mit ihrem Perfektionismus, mit dem immer alles klappen soll.

Wenn Papa nicht kommt, ich traue mich kaum daran zu denken.

Kurz vor acht hören wir endlich den Schlüssel.

„Das ist Papa!", sagt Mama. Als wüsste ich es nicht auch.

Er sieht gut aus, frisch aus dem Solarium. Er grinst mich an. Mama trägt die Fleischplatte vor sich her, als sei sie ein kostbares Präsent.

„Hm, lecker!", sagt Papa. Mama strahlt. Papa setzt sich an den Tisch, als sei nie etwas gewesen. Mama bringt die Kartoffeln, die nach Rosmarin duften. Sie lächelt immer noch.

Papa nimmt sich von allem eine ordentliche Portion. Er scheint hungrig zu sein.

„Mama sagt, dass die Schule angerufen hat“, beginnt er.

Mein Hals ist plötzlich wie zugeklebt. Die Kartoffel, auf der ich herumkaue, ist riesig und heiß.

„Weil du öfter fehlst. Ohne Entschuldigung“, sagt Mama und schaut mich an.

Ich schäme mich, weil mein Mund zittert. So also hat sie ihn hergelockt, zum gemeinsamen Essen, in ihr gemeinsames Haus. Ich versuche zu schlucken, huste das Essen über den Tisch.

„Sarah!“

Ich hüpfe vom Stuhl, hustend, und gehe ins Bad, die heiße Kartoffel immer noch in der Luftröhre brennend. Über dem Waschbecken huste und schlucke ich, bis dieser anstrengende Brechreiz aufhört. Ich habe nasse Augen vom Würgen. Im Alibertspiegel, den meine Mutter frisch poliert hat, ich kann jedenfalls den Glasreiniger noch riechen, sehe ich mich selbst. Ich lächele reflexhaft, wie ich es immer tue, wenn ich in diesen Spiegel sehe.

Ich habe ein schönes Gesicht, die Jungs stehen auf mich. Sogar jetzt sehe ich gut aus, mit diesen rot geäderten Augen, der roten, trotzdem reinen Haut.

Meine Eltern rufen mich ins Wohnzimmer. Sie können mich mal.

Ich schlüpfe zur Tür heraus. Ohne Jacke. Draußen ist es sommerwarm und die Vögel singen in der Dämmerung. Von der großen Straße her höre ich den Verkehr, jemand ruft seinen Hund, in einem nahen Garten ist der Sprenkler in Betrieb und rieselt leise über hartes Blattwerk. Die Luft ist so weich, dass ich beinahe weinen muss.

Ich gehe zur Hütte. Dort haben Jenny und ich immer gespielt, als wir noch in der Grundschule waren. Es ist ein alter Bauwagen, der auf einem Bauplatz ganz hinten in unserer Straße steht. Schon ewig. Die Leute haben den Bauplatz gekauft, die Hütte hingestellt und ein paar Pfähle in den Boden geschlagen. Danach sind sie nie wiedergekommen.

Das Gras ist nicht gemäht und geht mir fast zur Hüfte. Büsche und wilde Brombeeren haben sich hier angesiedelt. Die Nachbarn halten das ganze Grundstück für einen Schandfleck. Mehr als einmal stolpere ich.

Der Bauwagen sieht verlassen aus. Das Zahlenschloss ist rostig, springt aber auf. Drinnen riecht es furchtbar nach Urin und es ist so dunkel, dass ich nichts erkennen kann. Ich versuche, die Kerzen zu ertasten, die im Regal neben der Tür waren, doch dann fällt mir ein, dass ich gar kein Feuerzeug dabeihabe.

Ich mache mich auf den Heimweg. Hier ist auch nichts, was dieses Schmerzhafte, das ich mit mir herumtrage, heilen könnte.

Sie werden mit mir reden, werden mir erklären, dass die Schule wichtig ist, werden über die Zukunft reden, über Berufsaussichten, sie werden schreien und drohen, werden überreden wollen.

MOMO Jenny schaut vor sich auf den Boden. Aber sie hat gefragt.

„Mir war so kalt." Daran erinnere ich mich immer als Erstes. Ich zünde mir eine von Jennys Zigaretten an.

Meine Kehle ist dicht. Der Rauch lässt mich husten.

Ich trete die Zigarette in das dürre Gras vor dem Schützenhaus. Eigentlich sollten wir längst beim Training sein.

„Ette drückte gegen meinen Kehlkopf. Ich dachte, ich würde keine Luft bekommen. Dass nichts so wehtun könnte."

Jenny sitzt vorgebeugt. Ihr Ohr ist ganz nah. Es ist ein kleines schimmerndes Ohr, am Rand fast durchsichtig.

„Er hatte eine Bierflasche, die er an einem Baum kaputt schlug. Ich erstickte. Ich dachte, ich würde wirklich ersticken." Das kleine Ohr ist weiter nahe an meinem Mund.

„Er rammte mir die Bierflasche in den Oberschenkel. Da hielt ich still. Ette lachte. Er lachte, als sei er wahnsinnig geworden. Das war das Schlimmste. Nicht, dass ich nackt war", rede ich weiter in das kleine, durchscheinende Ohr, das Jenny gehört.

„Und meine, du weißt schon, meine Scheide tat so fürchterlich weh. Ich konnte kaum glauben, wie weh das tat. Es war, als könnte das gar nicht wahr sein."

Jenny bleibt neben mir sitzen.

„Ette lachte, und Ticker lachte mit. Da wusste ich, dass es ihnen egal war. Dass ich ihnen einfach egal war. Es war egal, ob ich sterben würde. Da hatte ich wahnsinnige Angst."

Jenny sagt nichts.

„Sie haben gelacht, als sei das alles ein Witz."

„Denkst du daran, wenn du schießen gehst?", fragt Jenny.

„Manchmal."

Mir ist schwindelig. Es ist, als sei ich nicht mehr vor dem Schützenhaus, sondern im Wasser. Im Sportbecken der Klinik. Die letzten Bahnen liegen vor mir. In meinem Kopf ist ein Satz, der sich wiederholt. Sie haben gelacht. Sie haben gelacht. Dahinter rauscht es, als würde mich eine große Welle verschlucken. Opa ist tot, Opa ist tot.

„Die anderen warten schon", sagt Jenny. Sie legt mir die Hand auf den Arm.

Daniel gibt mir das Luftgewehr und die Munition.

Ich ziehe meinen Gehörschutz auf und stelle mich ordentlich hin. Ich schieße. Zielen, abdrücken, atmen. Atmen, zielen, abdrücken. Das ist alles.

ETTE

„Wer bist du denn?"

Wir stehen im Hof, haben Freigang und beschnuppern uns, als wären wir Hunde.

„Ette, ihr könnt mich Ette nennen", sage ich. Sie sind zu dritt und älter. Der eine hat Tätowierungen, die könnte auch ich gemacht haben, mit einem Kuli, so richtig schlecht. Seine Nasenflügel zucken kurz.

„Zigarette?", fragt er und gibt mir eine.

„Wie lange habt ihr noch?", frage ich. Das ist immer die Frage. Nicht, wofür und warum. Zum Abschätzen reichen die Tage, die man drin sein muss.

„Vier“, sagt der Tätowierte. Er ist der Chef.

„Weniger“, sagt sein Kumpel, der aussieht wie ein zähes Würstchen.

„Vier Monate?“, frage ich.

„Jahre“, sagt der Kumpel.

„Deinen Bruder, den kenne ich“, meint der Chef. „Ganz gut sogar.“

„Ja, der war vor einem Jahr auch hier. Ist jetzt bald wieder draußen.“

„Schade.“

Ich weiß, was jetzt kommt. Nicht, dass es mir jemals passiert ist. Ich will weggehen, aber sein Arm legt sich schwer auf meine Schultern. Einige zögerliche Schritte. Er führt mich einfach im Kreis.

„Dein Bruder hat mich abgezogen. Und damit du das nicht auch versuchst ...“

Er hält sich nicht lange mit Reden auf. Er nimmt meinen Zeigefinger und meinen Mittelfinger. Der Schmerz hat eine helle Spitze. Die Finger machen ungewohnte Bewegungen.

„Die sind durch“, sagt das Würstchen.

TICKER Heiß hier heute Abend. Ich könnte platzen. Habe die ganze Zeit nur das Gefühl, dass ich platzen könnte. Ich esse eine Scheibe von dem trockenen Brot hier. Das Brot ist immer trocken, ob mit Wurst oder Marmelade, und ich habe das Gefühl zu platzen. Ekelhaft. Lese ein paar Zeilen im „Herrn der Ringe“. Aber das ist Zeitverschwendung. Langweilig.

Ich hole mir jeden Abend einen runter, und danach gleich noch mal. Es ist so was von zum Kotzen hier, zum Schreien.

Beim Sport könnte ich allen die Beine durchtreten.

Es gibt hier welche, die nennen mich Ficker, oder sogar Kinderficker. Und Schleimzahn lacht dazu. Er genießt es, dass die anderen vor ihm kuschen und mich deshalb beleidigen.

Diese Fotze! Diese verdammte Fotze! Allein, als ich sie in der Verhandlung sah, mit ihrer Mutter! Wie sie da auf klein machte und von allen bemitleidet werden wollte. Ich spüre kein Mitleid, egal was der Pfaffe sagt, der mich hier ständig belabert. Wieso sollte ich Mitleid mit der haben? Die ist draußen, die kann in der Sonne sitzen, die kann sich aussuchen, wann sie eine Tür hinter sich zumacht, was sie essen will, mit wem sie telefoniert.

Und ich sitze hier, ich bin hier wirklich im Knast, und wofür? Für gar nichts! Für gar nichts werde ich Ficker genannt!

ETTE

„Dumm gefallen, hm?", sagt die Wärterin. „Das muss jedenfalls geröntgt werden."

Ich bekomme wieder eine Acht. Wir fahren mit einem Pkw, sodass ich die Landschaft sehen kann. So viel Grün und Asphalt, der unter uns rollt. Ich mache die Augen so weit wie möglich auf, zwinge mich, nicht zu blinzeln, die ganze Fahrt über.

Der Pfleger, der mich röntgen soll, ist in meinem Alter. Er hat blond gefärbte Haare und zwei Ohrringe. Er grinst mich an. Der Schließer, der bei mir ist, schubst mich am Rücken vorwärts.

Ich stehe in einem dunklen Raum. Ein Metalltisch, auf den meine Hand gepresst wird, ein schwarzer Metallkasten schwebt darüber. Der Pfleger richtet ihn auf meine gebrochenen Finger aus.

„Fertig", sagt er nach einer Sekunde.

Wir müssen warten, bis der Arzt sich die belichteten Platten ansieht. Er wechselt einen Blick mit dem Pfleger, dieser nickt. Seine blonden Haare leuchten in dem fensterlosen Raum. Er rührt Gips an.

„Dauert das lange? Ich will nur mal Pipi machen."

Der Schließer verdreht die Augen. Ich sehe ihn genauer an. Er ist um die vierzig, plattfüßig, müde.

Auf dem Flur bin ich schneller. Ich spurte los, die Finger an die Brust gepresst, flatternde Lungen und Beine, die endlich wieder laufen. Durch die Glastür.

Der Schließer keucht schon. Ich renne eine Oma im Bademantel um. Schreie. Die Treppe, dann der Keller. Verdammt, wo bin ich?

JENNY „Morgen ist Wettkampf! Ich erwarte eine professionelle Einstellung von euch."

Papa öffnet den Kofferraum.

„Wir sind früh zu Hause, bestimmt", sagt Tim.

„Pass auf, das ist Kartoffelsalat! Und vergesst nicht, die Sachen wieder mitzubringen!", sagt er, als er mir die riesige Tupperware-Schüssel in die Arme drückt.

Dann fährt er endlich. Die Decke von Daniel ist mit Partyfackeln markiert. Er dreht bereits die Würstchen.

Sie reden über ihre Scheißpistolen, ihre nächsten Wettkämpfe, die Landesmeisterschaft im Oktober. Die Luft ist warm und schwer. Um die Fackeln schwirren Sommermücken.

Ronnie kommt aus dem Wasser. Er zieht seine Jeans an. Sein Bauch ist nach innen gewölbt. Ein paar dunkle Haare ziehen sich vom Nabel zum Hosenbund. Er zieht sich ein Hemd über. Mit jedem Knopf, den er schließt, verschwindet ein Stück mehr von seiner Haut.

Mit zwei Schritten könnte ich mit meinem Knie sein Bein berühren. Ich könnte die Hand ausstrecken und fühlen, ob sein dunkles Haar wirklich so dick und drahtig ist, wie es aussieht.

Ronnie grinst mich an. Ich werde rot, hoffentlich sieht er das nicht im Schein der Fackeln.

Er setzt sich neben mich. Ich kann sehen, dass sich sein Kiefer bewegt, so als wäre er auch angespannt. Das beruhigt mich. Ich fühle, dass die anderen uns beobachten.

„Wir könnten ein bisschen spazieren gehen“, meint er.

„Klar, und die anderen lachen sich dann über uns kaputt!“, sage ich. Ich kann nicht glauben, dass ich das gesagt habe. Wie doof kann ich denn sein?

„Hm“, macht Ronnie und schaut in die Fackeln.

„Lass uns spazieren gehen!“, sage ich da.

„Und die anderen?“

„Mir egal!“

SARAH Tickers Geist liegt neben mir im Bett. Ich stelle mir vor, dass es nach der Verhandlung ist, nach einer Berufungsverhandlung, und Ticker ist nun hier neben mir.

Ich habe ihm geholfen, habe erklärt, dass wir zusammen waren, als das mit Momo passiert ist.

Tickers magere Arme umschließen mich. Es ist mehr als nur miteinander schlafen. Es ist Wärme und Dankbarkeit. Es ist so, dass wir beide zusammengehören, dass er mich braucht, und ich brauche ihn. Wir liegen aneinandergekuschelt und erzählen uns, wie der Tag war. Ich sehe seine Augen, groß wie Scheinwerfer und umrahmt von dunklen Wimpernkränzen.

Seine Hand liegt auf meiner Brust, aber er meint es nicht so, sondern er will meinen Herzschlag spüren. Wir atmen im gleichen Rhythmus, ein und aus.

ETTE Es riecht nach Auto und Schweiß. In meinen Fingern ist alles taub, nur dass sie schätzungsweise doppelt so dick sind wie sonst. Es ist dunkel hier.

Die Wand hinter mir ist so kühl, wie sich eine Kellerwand nur in einem heißen Sommer anfühlen kann. Ich warte.

Die Tiefgarage ist gesperrt. Oder sucht man mich draußen? In dieser brennenden Sonne, in der ich bald laufen muss wie ein Insekt unter einem Brennglas. Ich stelle mir Hubschrauber vor, wilde Autos, die mir in die Kniekehlen fahren.

Ich muss los und weiß nicht, wie.

Die Wand im Rücken ist vertraut. Wie sie sich an meine Schultern schmiegt und meinen Hinterkopf stützt. Die Ellenbogen gegen den Beton gepresst, warte ich auf Schritte, auf etwas, das ich abschätzen kann, das mir weiterhilft.

JENNY Ronnie sitzt neben mir. Ich rede über Schnittpunkte und Perspektiven. Meine Hände flattern wie helle, dicke Vögel in der Abendluft. Ronnies Augen starren auf einen Punkt hinter meinem Gesicht. Ich rede weiter, als könne ich damit die Zeit anhalten.

Wir sind im Auto, im Halbdunkel am Waldrand, und solange ich weiterrede, wird Ronnie hierbleiben und sein Bein wird dicht an meinem liegen und seine Stimme wird dunkel und vibrierend zu einem zustimmenden „hm" aus seinem Mund kommen und ich kann riechen, dass sein T-Shirt nach Baumwolle duftet und sein Haar nach Duschgel „for men". Ich kann spüren, dass sich die Härchen auf meinen Armen aufgestellt haben, bevor Ronnie sie berührt. Ich kann meinen Puls in der Halsschlagader hören, bevor Ronnie meinen Ohrring mit seiner Backe streift. Mein Mund rutscht ihm entgegen, mitten in einem Wort wie „Farbauftrag" oder „Pinselstärke", und ich verschlucke mich daran, während Ronnie mich in den Arm nimmt und gleichzeitig mit seiner Zunge in meinem Mund ist.

Meine Augen sehen ihn an. Seine lächeln kurz, bevor sie sich schließen und sein Mund fester wird.

Ette

Die Autos liegen nebeneinander wie große alte Tiere in ihrer Höhle, wie dösende Drachen. Hier ist es Nacht. Hier ruhen sie sich aus von dem schnellen gefährlichen Leben auf den Straßen. Ich stelle mir ihr unhörbares Flüstern vor, mit dem sie ihre Abenteuer erzählen, ihre unmerklichen Bewegungen, mit denen sie ihre Verletzungen zur Schau stellen, ihre Kratzer und Beulen.

Nun kommen sie. Ich kann sie wittern und spüre, wie sich die Luft anders anfühlt. Sie öffnen die Tür zum Keller, Schritte zwischen den Autos. Plötzlich helles Licht, das über die Neonröhren durch den Keller läuft.

Mein Rücken drückt sich fester in die Mauer. Meine Finger wachen auf und pochen holpernde Rhythmen.

Dann sind sie da. Sie sind zu zweit, halten mir eine Waffe ins Gesicht. Das Licht in ihrem Rücken blendet mich.

Es ist vorbei.

„Edwin!", sagt der eine. In seiner Stimme ist eine Ruhe, die nicht zu der Waffe passt.

„Komm, lass dir die Finger verbinden. Das muss doch wehtun."

Das haut mich fast um. Mein richtiger Vorname, so ausgesprochen, mit so viel Ruhe. Ich spüre plötzlich, wie weh die Finger tun, wie müde ich bin, wie die Wand mich nach vorne schiebt. Ich spüre, dass etwas in mir aufgeben will.

MOMO So spät ist natürlich niemand mehr auf dem Schießstand.

Daniel schließt die Bürotür ab.

„So, Schluss für heute. Muss morgen früh raus“, meint er.

Daniel lächelt sein Reklamelächeln, als er das Gewehr zurücknimmt.

„Wenn du weiter so trainierst, kannst du in ein paar Wochen mit der Pistole anfangen“, sagt er anerkennend. Ich grinse.

„Wo wohnst du? Ich kann dich fahren“, schlägt Daniel vor.

„An der Fußgängerzone kannst du mich rauslassen.“

„Klar, kein Problem!“

Wir fahren in Richtung Innenstadt. Daniel erzählt mir von seiner Arbeit. Er ist Dachdecker. Kein Wunder, dass er so fit und sonnengebräunt aussieht.

„Du schwimmst wieder? Hab ich in der Zeitung gelesen.“

„Ja, nächste Woche schwimme ich den ersten Wettkampf.“ Wieso fängt er denn damit an? „Und ich gehe wieder zum Training, sogar morgens.“

„Gut, ist ja super“, meint Daniel.

„Na ja, ich kann kaum erwarten, dass ich in dieser Saison noch vorne mitschwimme. Nächstes Jahr wird besser.“

Daniel bremst an der Fußgängerzone.

„Vielleicht könnten wir mal was zusammen machen. Ich kann dich auch vom Training abholen.“ Sein breites Lächeln ist wieder da, nicht ganz so breit.

„Nach dem Training bin ich total platt ...“

„Muss ja nicht ...“

„Aber abends könnten wir ...“

„Ja!“, sagt Daniel da. „Wir könnten zum See fahren und eine Runde ...“

„Nein, nicht schwimmen!“ Ich muss lachen. Daniel auch.

„Wir gehen ins Kino, okay?“, frage ich. Daniel nickt.

ETTE

Sie bringen mich zum Bullenauto, der Alte, der mich Edwin genannt hat, und der Jüngere, der sein Sohn sein könnte. Jedenfalls sehen sie sich ähnlich, soweit ich das in der Sommerdämmerung sehen kann. Um meine Finger ist eine große Manschette gewickelt, alles unter scharfen Sicherheitsbedingungen, natürlich, so würden sie es jedenfalls nennen. Sie haben ihre Knarren nicht weggesteckt. Ich spüre meine Finger überhaupt nicht mehr. Es ist so, als könnte ich mit der Hand eine Wand durchschlagen, ohne es zu merken.

Der Ältere gibt mir eine Zigarette und nickt dem Jüngeren kurz zu. Wir rauchen, weil man bei solchen Gesprächen rauchen muss.

Er fragt nach dem Typen mit den schlechten Tätowierungen. Ich sage nichts. Er fragt, ob ich Schiss habe. Ich nehme einen letzten Zug und werfe die Zigarette weg. Der junge Bulle steht vorne auf dem Parkplatz und schaut sich einen schicken Schlitten an, einen Sportwagen, Jaguar wahrscheinlich, von irgendeinem Oberarzt.

Der Alte macht einen Fehler. Er sieht sich nach einem

Mülleimer um für seine Kippe, wahrscheinlich ein Reflex. Gleichzeitig kommt ein roter Golf über den Parkplatz, langsam, in Schrittgeschwindigkeit. Und ich, ich werfe mich über die Motorhaube, springe auf und laufe ein paar Schritte. Im Kopf, dass sie dieses Mal schießen.

Hinter dem Straßengraben ist eine Kuhweide, dahinter ein Flüsschen, nicht viel mehr als ein Bach. Dahinter sind große Tannen, es geht bergauf dort.

Ich höre sie laufen, höre sie rufen. Auch auf der Kuhweide sorge ich für Aufregung. Die Tiere laufen vor mir weg, mit hochgehaltenen Schwänzen. Der Bach ist voller rutschiger Steine, ich gleite aus und falle sogar einmal. Der Jüngere ist schon am Zaun, der Ältere quatscht noch in sein Funkgerät.

Ich halte mich an einem Strauch fest, der an der Uferböschung wächst, balanciere. Wenn sie schießen, bin ich tot. Für einen winzigen Augenblick kommt mir das nicht schlimm vor. Endlich nicht mehr laufen, nicht mehr denken, planen, mich durchboxen. Dann laufen meine Beine wieder. Im Nacken blanke Panik.

Die Tannen krallen sich in den spärlichen Boden zwischen nackten grauen Steinen. Wie lange ich nicht mehr im Wald war, wie lange ich nicht mehr dieses merkwürdige rutschige Gefühl brauner Tannennadeln auf blankem Basalt gefühlt habe. Ich laufe bergauf. Meine Lunge, noch voll Rauch und Angst, zerplatzt fast, aber ich laufe.

SARAH „Nein“, ruft Mama. Sie klammert sich an Papa. Er hat feuchte Augen.

Ich sitze am Esstisch und beobachte, wie Papa uns mal wieder verlässt. Das heißt, diesmal zieht er nicht nur für ein paar Tage ins Büro. Er hat eine kleine Wohnung gefunden. Er ist völlig besoffen, rührselig und gleichzeitig hart.

Ich könnte kotzen, nur kotzen. Sie tun so, als sei ich nicht da.

JENNY Ich ziehe mich aus. Es ist ein bisschen peinlich. Ich habe eine Gänsehaut. Hoffentlich will Ronnie mich so. Hoffentlich hält er mich nicht für eine Schlampe.

Ich traue mich kaum, ihm ins Gesicht zu sehen. Das verdorrte Gras unter der Decke ist stachelig, aber ich tue so, als würde ich das nicht merken.

Ronnie schaut sehr ernst. Seine Hand kommt näher. Er fasst mein Haar an, dann meine Schulter. Ich kann es nicht aushalten, dass er mich noch länger ansieht. Ich rücke auf ihn zu und nehme ihn in die Arme. Er riecht gleichzeitig nach Sonne, Gras und feuchtem Haar.

Es tut kurz weh. Es ist mechanisch. Wir tun beide so, als wüssten wir alles. Wir bewegen uns wie im Film. Aber es ist nicht wie im Film.

Also, er kommt nicht und ich komme nicht. Es geht einfach nicht. Ronnie ist fremd.

Wir hören auf und liegen nebeneinander. Die Blätter

der Birken stehen hellgrün am dunklen Himmel. Unter der Decke ist ein Stein, der mich stört.

Dann nimmt Ronnie mich in den Arm.

„Entschuldige“, sage ich.

„Entschuldige“, sagt er im selben Moment.

Ronnie kitzelt mich im Nacken. Dann kitzelt er mich unter den Armen. Ich muss lachen. Ich kitzele ihn auch. Er lacht.

Ich stütze mich auf den Ellenbogen, um ihn anzusehen.

„Ich finde dich so schön! Du weißt gar nicht, wie schön du gerade bist.“

ETTE

Ich höre sie die ganze Nacht. Autos, blaues Licht auf den Bäumen, sogar Hunde. Die sind mir unangenehm, die Viecher. Ich irre durch das bergige Waldstück, hinauf zu weiteren Kuhweiden, und wieder hinunter zum Bach. Wate am Ufer entlang, immer weiter, bis das nächste Dorf zu sehen ist. So finden mich die Hunde nicht. Am Flüsschen sind jetzt Gartenzäune, ausgetrocknete Gräben, Gesträuch und alte Feuerstellen, wo im Frühjahr das Holz verbrannt wurde.

Dann kommen eine Fußgängerbrücke, ein Radweg, ein Hundeübungsplatz und dann ein Sportplatz mit dunkelrotem Aschenbelag und hohem Zaun. Ich entdecke einen Wegweiser für Radwanderer. Mich trifft fast der Schlag. Ich bin nicht mal hundert Kilometer von zu Hause weg.

Im nächsten Dorf ist alles ruhig. Nur ab und zu ein Auto. Auch hier Gärten bis zum Ufer, schön gepflegt und sauber gepflasterte Wege. Alles Unkraut mit dem Brenner weggemacht, so wie mein Alter das auch machte. Und ich schleiche durch die Johannisbeersträucher, stecke mir ein paar Hände davon in den Mund und sehe im nächsten Garten genau das, was ich erhofft habe.

Eine Wäscheleine, Baggy Pants und einen dunkelbraunen Kapuzenpulli von Fruit of the Loom, so einen hatte ich vor zehn Jahren schon mal.

SARAH

Lieber Ticker,
ich mache mir Sorgen wegen dem Typen, den Du mir gezeigt hast. Hast Du da irgendetwas unternommen? Oder kannst Du mir das nicht schreiben? Weil die Briefe gelesen werden?
Hier geschieht nur langweiliges Zeug. Mein Vater ist ausgezogen, ich habe Dir ja davon erzählt. Mama weint sehr viel. Die Schule läuft so lala und ich denke viel an Dich. Nächste Woche gibt es endlich Ferien!
Ich liebe Dich.
Wenn ich was für Dich tun kann, dann schreib mir.
Sarah

SARAH Ich bin noch mal davongekommen, mit viel Glück und viel falschem Lächeln. Ich trage tatsächlich mein Zeugnis, das den Zugang zur Oberstufe gewährleistet, in meiner Tasche.

„Komm, lass uns ein Eis essen gehen!", schlägt Marie vor.

Da sitzen wir dann in der Eisdiele in der Fußgängerzone mit Blick auf die Jeansboutique, in der Marie niemals einkaufen würde, und löffeln unsere Eisschokolade.

Ich will mich darauf konzentrieren, was Marie sagt, aber ich kann ihr einfach nicht zuhören. Schon ihre Stimme ist langweilig und quäkend. Ich denke immer nur an Ticker. Der bestimmt kein Eis essen kann im Gefängnis.

„Ist sie das nicht?", flüstert Marie plötzlich.

Tatsächlich. Momo kommt aus der Jeansboutique gegenüber.

Ich starre in meinen Eisbecher. Meine Kopfhaut prickelt. Wenn Momo mich sieht.

„Das ist sie", flüstere ich zurück.

„Sie sieht gar nicht ... na, du weißt schon!"

„Was?"

„Ich dachte immer, Opfern sieht man das an. Irgendwie."

„Ich weiß nicht, ob sie ein Opfer ist!", sage ich leise.

Marie seufzt.

„Klar, dass du mir nicht glaubst. Aber Ette hat mir erzählt ..."

Maries Augen werden groß.

„Der ist doch im Knast! Sag mir nicht, dass du dich mit ihm getroffen hast!"

Ich beobachte, wie Momo zwischen den anderen Menschen in der Fußgängerzone verschwindet.

„Du willst es einfach nicht wahrhaben, hm?" Marie schüttelt ihren Kopf.

ETTE Ich bin in einer Kleinstadt und das ist ein Problem. Sogar die beiden Penner am Bahnhof schauen mich an. Der eine hat rissige Haut und schwitzt in seinem Wollpulli. Er stinkt. Aber er hat Tabak und bietet mir was an.

Der andere ist zu besoffen. Er ist nur ein paar Jahre älter als ich. Er sitzt da, die Ellenbogen auf die Knie gestützt, und starrt auf den Teer.

Ich quatsche mit dem, der mir den Tabak gegeben hat. Ich muss irgendwo schlafen und dabei können mir die beiden helfen. Morgen muss ich weiter.

TICKER Ich habe ein besonderes Organ, das alles durchcheckt. Hatte ich immer schon, brauchte ich auch immer schon, ob bei meinem Alten oder auf der Straße.

Und hier, im Knast, wird das noch mehr, noch heftiger. Ich weiß alles, ich sehe alles, ich kann riechen, wer Angst hat und wer nicht. Ich weiß das.

Trotzdem haben sie mich erwischt. Die Kippen sind futsch, mein Kaffee ist aufgeteilt worden. Dieser verdammte Schleimzahn. Wieso klaut der nicht meine Zahnbürste? Die könnte er brauchen.

Mir tut alles weh.

JENNY Zum letzten Mal erleben wir, dass die Müller ihren Blick über uns schweifen lässt und sich an ihre wilde Zeit erinnert. Momo ist auch da, aus therapeutischen Gründen, wie sie grinsend gesagt hat. Die anderen in der Klasse tun so, als wäre nichts.

Wir bekommen heute sowieso nur die Zeugnisse und können wieder abhauen.

„Und du gehst wirklich in die Gärtnerei?", fragt die Müller. Ich zucke mit den Schultern. Ist so gut wie alles andere, was ich machen kann.

TICKER Vergessen, lebendig beerdigt. Das bin ich! Diese verdammte Hitze. Ich könnte jetzt am Silbersee sitzen, Sarah neben mir, kaltes Bier trinken. Musik. Sommerlärm.

Und? Gar nichts. Ich bin ein Loser. Und wie immer, wenn ich in dieser Stimmung bin, kommt der Pfaffe. Ich könnte kotzen. Er hat mich gefragt, ob ich nicht über meine Sachen reden will. Er hat gelächelt und meinte, als so eine Art Beichtgespräch. Wenn ich so weit sei. Ob ich etwas bereuen würde. Das hat mich umgehauen. Keine Sau interessiert es, wie ich hier langsam eingehe, und dann kommt der Pfaffe und will, dass ich bereue. Dass ich zu Gott und dem Pfaffen und den anderen sage, es tut mir leid!

Tue ich denen leid? Tut es denen leid, dass ich hier verschmore? Niemand von denen weiß doch, was es heißt, hier im Knast zu sein. Und Gott? Das ist alles so lächerlich. Dieser karierte Pfaffe ist so was von lächerlich.

ETTE Schwarzfahren ist nervig, man muss sich auf dem Klo rumdrücken und die Augen offen halten. Ich bin jetzt tödlich müde. Die Finger musste ich auswickeln, weil mich natürlich jeder daran erkennen kann. Sie tun weh, sind aber nicht mehr so geschwollen.

Ich habe einen Plan, habe immer einen gehabt, und in meine bekotzte Angst mischt sich wieder die Aufregung, pures Adrenalin, so ähnlich wie an diesen ganzen Abenden, als wir zu irgendeiner Dorfkirmes fuhren. Ich lehne mich zurück in die blau karierten Polster des Regionalexpresses. Vor den Fenstern der Sommer. Ein paar Bänke vor mir sitzen Kinder, vielleicht elf oder zwölf Jahre alt. Kleine Zahnspangenmädchen, die kichern und in ihren Pferdecomics blättern. Ich komme zurück.

MOMO Als ich zum Einschwimmen ins Wasser gleite, merke ich, dass heute gar nichts geht. Angst sitzt mir im Bauch, beschäftigt mich, lähmt mich geradezu. Ich plantsche herum, achte nicht auf die Schwimmzüge, das Ausatmen kommt so, wie es kommt. Ich habe keine Lust zum Wettkampf.

Auf den Rücken gedreht, betrachte ich die Paneele an der Decke, wie sie ein versetztes Muster bilden, ich beobachte Tina und Bender, die Zuschauer, alles, was in der Halle vor sich geht. Es riecht nach Chlor und Frittenfett, darüber der Geruch von dem Rasiergel, das ich heute Morgen benutzt habe, um sämtliche Haare am Körper zu entfernen. Ich drehe noch eine Runde, schlage nachlässig an, stemme mich hoch und suche nach meinen Latschen.

Mein Bauch macht komische Geräusche, so als sei er nicht in Ordnung. Ich gehe in die Umkleide, schlage versuchsweise mit der Faust gegen die feuchten Kacheln, dann gegen den Bauch. Verdammt, ich bin jämmerlich.

Irina Taxacher schwimmt heute. Sie hat eine starke Saison hinter sich und sieht unglaublich trainiert aus. Sie nickt mir zu, ich nicke zurück.

Ihre Schlappen machen auf den Kacheln ein klatschendes Geräusch. Ich höre, bevor ich es fassen kann, dass sie zurückkommt. Sie fasst mich am Rücken an, etwas, das ich überhaupt nicht mag.

„Alles Gute!“, sagt sie. Ihre Hand liegt immer noch auf meiner nackten Haut, über der Wirbelsäule. „Und es tut mir leid, was passiert ist.“

Ich halte die Luft an, um sie nicht anzuschreien, nicke nochmals. Dann ist sie weg.

Mein angehaltener Atem drückt gegen den Kloß in meinem Hals und ich komme mir vor, als hätte ich Wasser geschluckt wie eine Anfängerin.

Wahrscheinlich hört mich Irina, als ich wütend aufschreie. Ich trete gegen meine Tasche, gegen die niedrige Bank, die herumsteht. Verdammt, mein Fuß tut weh. Ich schreie noch mal, haue die Faust gegen die Kacheln, dann den Kopf. In mir ist ein eingesperrtes Tier.

Als ich dann später auf dem Startblock stehe, zittere ich noch immer. Im Wasser wird es besser, ich schwimme von Anfang an vorne, jeder Zug tut weh, ich bin auf der zweiten Bahn, bevor die anderen anschlagen, wahrscheinlich werde ich jetzt durchgereicht.

Mein Mund füllt sich mit Luft und Wasser, die Augen weit aufgerissen. Jedes Mal, wenn ich den Kopf unter Wasser habe und nur das leise Gurgeln höre, erwarte ich eine meiner Konkurrentinnen, die an mir vorbeigeht.

Aber nichts passiert, ich bin weiter vorne, ich trete gegen Wasser, dessen Widerstand mich antreibt, vorwärtsdrückt, und ich schlage in einer unglaublichen Kraft an, der letzte Zug katapultiert mich fast aus dem Becken, ich lasse mich wieder zurückgleiten bis unter die Oberfläche, sehe im Wasser die letzten Beine ankommen. Ich bin nur noch müde. Und stolz, oh verdammt, bin ich stolz auf mich, auf meine Arme und Beine, die mich hierhingebracht haben, und auf meine Lungen, die jetzt schmerzen und pochen und mit dem letzten bisschen Luft, das noch in ihnen steckt, singen wollen.

TICKER Der Pfaffe legt seine Stola an. Es soll ja so eine Art Beichte werden. Ich sehe auf meine Fingernägel. Sie sind schwarz.

„Glaubst du an Gott?“, fragt er mich als Erstes.

„Irgendwie schon“, meine ich.

„Glaubst du daran, dass er dir in deiner Situation beisteht?“

„Hm ... ja“, sage ich.

„Und das, was du getan hast, das steht doch zwischen dir und Gott?“

„Ja.“ Meine Stimme ist leise. Und das stimmt nicht. So habe ich noch nie darüber gedacht.

„Gut. Dann erzähle mir einfach mal, als würdest du es Gott erzählen.“

Und ich, mit einem Gesicht wie ein Lämmchen, erzähle dem Pfaffen alle meine Sünden.

Als ich fertig bin, sieht der Pfaffe mich lange an. Ich schaue zuerst weg. Warum habe ich mich nur auf diese Scheiße eingelassen? Vielleicht glaube ich ja nicht mal an Gott! Jedenfalls nicht immer.

„Und was ist mit dem Mädchen? Das du und dein Freund vergewaltigt habt?“, fragt der Pfaffe.

„Was soll mit ihr sein? Keine Ahnung!“, meine ich.

„Was denkst du denn, was sie jetzt im Augenblick gerade macht?“

„Ich weiß es nicht! Sie wird mit ihren Freundinnen am See sein. Oder ...“

„Glaubst du, dass es ihr gut geht? Dass sie das einfach so vergessen hat?“

Ich sage nichts. Ich habe nie an Momo gedacht, jedenfalls nicht so. Das war eine Falle. Er weiß ja überhaupt nicht, wo ich herkomme, wie das hier für mich ist. Er geht abends nach Hause und betet. Oder holt sich einen runter. Was weiß ich, was Pfaffen abends machen. Verheiratet ist er jedenfalls nicht. Ich sage nichts mehr, gar nichts mehr.

„Denk einfach mal darüber nach. Wie in der Nachbarschaft über sie geredet wird. Ob sie vielleicht Angst hat. Ob sie überhaupt noch mal was mit Männern zu tun haben will ..."

Der Pfaffe lässt mich sitzen. Er geht die zwei Schritte zur Tür, und das war's dann. Mal wieder. Die dumme Sau.

JENNY

„Also kannst du morgen nicht?", fragt Ronnie. Er liegt neben mir, in einem verwaschenen T-Shirt und einer abgeschnittenen Jeans. Seine Beine sind braun gebrannt und voller Muskeln. „Aber ich fahre doch am Sonntag."

Er fährt mit seinen Eltern nach Korsika.

„Ich weiß, aber ich muss noch mal zur Schule. Herr Sand hat mich gebeten, ihm bei der Auswahl für die Schülerausstellung zu helfen."

Es werden vor allem Bilder von mir sein, aber das erzähle ich nicht.

Ronnie reißt einen Grashalm aus und kaut darauf herum.

„Aber du kommst zum Schützenfest, oder?", frage ich.

„Mal sehen", sagt Ronnie. Er grinst.

„Du Arsch!" Ich klapse ihm scherzhaft auf den Arm. Er grinst noch mehr.

Ich stürze mich auf ihn und er hält mich fest, während ich versuche, ihn zu kitzeln. Sein Mund beißt mich scherzhaft in den Busen.

„Nicht!“, schreie ich und muss lachen.

Er rollt sich herum und packt mich an den Schultern.

„Du musst zum Schützenfest kommen! Ohne dich halt ich das nicht aus!“

ETTE

Da ist sie. Sie kommt von der Villa, die sich der alte Birger, der ein Vermögen mit Fertighäusern gemacht hat, an den Waldrand gestellt hat. Mein Alter hat bei Birger gearbeitet, arbeitet noch immer da, zieht ganze Siedlungen hoch. Und ist stolz darauf. Versteht nicht, dass Birger mit ihm Geld macht, mit seinem Köpfchen und seinem Fleiß.

Habe sie den ganzen Tag verfolgt, hab geguckt, wo sie hingeht, und mich dann ein bisschen versteckt. Sie sieht richtig geil aus, knappes Oberteil mit Trägern, die sie im Nacken gebunden hat, dazu ein langer, schwingender Rock. Braune, reine Haut, lange dunkle Haare.

Tut mir fast leid, dass ich sie da reinziehen muss.

„Hey“, sage ich. Ich starre auf ihre braune, nackte Schulter.

Sie sieht mich an. Im ersten Moment erkennt sie mich nicht. Als in ihrem Kopf endlich angekommen ist, wer da vor ihr steht, werden ihre Augen rund.

Plötzlich merke ich, dass ich rieche, richtig stinke in dem langärmligen Pulli. Ich muss was tun, muss alles normal aussehen lassen, muss irgendwie an den längeren Hebel kommen.

„Du musst mir helfen."

Ihr runder Blick erfasst den Waldrand, den leeren Straßengraben, die vertrockneten gelben Blüten. Sie ist mit mir allein.

„Nur ein bisschen Geld und irgendwas zu essen." Ich fasse sie fast an. Aber meine Hand bleibt über ihrem Arm, als wäre das zu viel.

Sie schaut jetzt gnädiger. Verdammt, sie hat mich im Knast besucht. Ich habe alles auf mich genommen, damit sie weiter ihren Ticker anschmachten kann.

Sie rollt ihre Lippen nach innen.

„Ich weiß, wo du hinkannst!", sagt sie. Sie will mir tatsächlich helfen. Oder ist das nur ein Trick?

Wir gehen hintereinander, im Schatten der Bäume. Sie geht vor und ich kann gar nicht anders, ich muss auf ihren nackten Rücken sehen, auf die kleinen Wirbel, die sich zwischen ihren Schulterblättern durchschlängeln, auf die zarten Härchen, die sich aus ihrem Pferdeschwanz gelöst haben.

TICKER

„Klar haben wir gelacht. Also später", sage ich zu dem Paffen. „Also, der Mann hat sich vollgepisst. Wir waren zu bepackt, mit allem Möglichen, Bier, Cola und diesen Brötchen. Da hat Ette gesagt, er solle uns die Tür aufmachen. Und da haben wir gesehen, dass er die ganze helle Hose nass hatte."

„Warum hatte der Angst?", fragt der Pfaffe, als wüsste

er das nicht. Es macht mich sauer, wenn er sich so dumm stellt.

„Na ja, schätze mal, Sie hätten auch Angst, wenn man Ihnen eine Pistole an die Schläfe hält."

„Und du? Hättest du dann Angst? Hattest du Angst, als die Polizei mit gezückten Waffen auf dich zuging?"

Ich sage gar nichts mehr. Merke, wie ich meine Zunge kaue, als sei sie ein Kaugummi.

„Oder sonst? Hattest du auch Angst vor Ette?", bohrt der Pfarrer nach.

Meine Zunge wird riesig. Klar hatte ich Angst vor Ette. Wenn man, wie ich, Ette an diesem Abend erlebt hatte, hielt man alles für möglich. Wie er Momo die Luft abdrückte. „Schnapp dir die Arme!", schrie er. Und als Momo sich weiter wehrte, schnitt er ihr das Bein auf. Mit der Scherbe einer Bierflasche.

Ich hatte natürlich nicht immer Angst, aber als er zum Beispiel mit den Autoschlüsseln seines Vaters ankam. Da dachte ich kurz, also wirklich nur kurz, er hätte seinen Alten umgebracht.

Wir stiegen in das Auto. Ich auf den Beifahrersitz.

„Schau mal ins Handschuhfach!", meinte Ette. Es war, als würde sein ganzes Gesicht leuchten.

Ich machte das Handschuhfach auf.

„Du weißt ja, mein Alter ist im Schützenverein."

Darin lag eine Knarre.

„Vielleicht brauchen wir die."

Der Pfarrer wartet auf meine Antwort.

SARAH Ettes Augen scheinen mich zu sehen, lange bevor ich an die Tür des Bauwagens klopfe. Er öffnet. Das Weiße seiner Augen leuchtet in der Dämmerung. Er erinnert mich an ein wildes Tier, das man eingesperrt hat. Es riecht inzwischen auch ziemlich nach Schweiß in der Hütte. Ich bringe ihm kalte Nudeln und Tomatensoße und er isst den Pamp mit großer Hast.

„Hast du Zigaretten?", fragt Ette und wischt sich die Hände an den Hosenbeinen ab.

Ich habe einen Krampf im Magen, so als könnte ich nie wieder etwas essen. Mir wird schlecht, wenn ich Ette nur ansehe.

Ich lege eine volle Packung auf den Tisch. Ette zieht die Lippen auseinander, so als würde er lächeln. An seinen Zähnen klebt rote Tomatensoße.

Er grinst.

„Keine Angst, ich bleib nicht mehr lang", sagt Ette, so als könne er meine Gedanken lesen.

„Ich habe schon einen Plan, wie ich weitermache. In ein paar Tagen bin ich weg und du hörst nie wieder von mir."

Ich zucke mit den Schultern.

„Du glaubst mir nicht? Ich habe einen Plan, weißt du."

Er nimmt einen Schluck von der abgestandenen Cola, die er mit Wasser verdünnt hat, um länger etwas von dem Geschmack zu haben.

Momo Die Rasierklingen sind rostig. Im Badezimmerspiegel kann ich mir dabei zusehen, wie ich sie auspacke. Es waren Opas Klingen, für den altmodischen Rasierer, den er am liebsten benutzte. Ich finde es fast eklig, mir vorzustellen, dass sie von meinem Blut gerostet sind.

Und es ist auch eklig, dass ich mir den Bauch aufgeschnitten habe. Ich werfe sie, eine nach der anderen, in den Mülleimer. Aber auch als sich der Schwingdeckel über ihnen schließt, reicht mir das nicht.

Ich mache den Mülleimer auf und sammele die Klingen wieder ein. Dann trage ich sie nach unten, in die große anthrazitfarbene Tonne. Ich stelle mir vor, wie sie morgen abgeholt werden und zur Kippe fahren.

Sarah Mein ganzer Körper schwingt hin und her, von einem Bein zum anderen in einem langsamen Rhythmus. Ich summe, obwohl ich eigentlich schlechte Laune haben will, um meinen Vater zu bestrafen. Wir tapezieren seine neue Wohnung. Ich stelle mir vor, dass ich das mit Ticker mache. Dass er im Nebenzimmer an den Fußleisten herumwuselt, während ich die Raufaser einkleistere. Unsere erste eigene Wohnung. Wir richten sie zusammen ein, suchen zusammen die Farben und Muster der Teppichböden aus, liegen zusammen auf dem noch nackten Boden, schauen träumend an die Decke. Wir halten uns an den Händen, reden leise, flüsternd. Ich studiere, er macht seinen Realschulabschluss nach. Danach sehen wir weiter. Es gibt so viele Möglichkeiten für uns. Wir können so viel werden, so viel machen. Und abends sitzen wir auf dem kleinen Balkon, lauschen den Stimmen von den anderen Balkonen und sehen uns nur an. Wenn es ganz dunkel wird, nimmt Ticker meine Haare in seine Hand und riecht daran. Ich drehe mich zu ihm und küsse ihn fest, damit er weiß, dass ich ihn liebe. Dass ich so viel Sehnsucht nach ihm habe.

Mein Vater flucht im Nebenzimmer. Dann höre ich, wie er Werkzeug wegwirft. Ich will nicht, dass er so genervt ist. Das macht alles kaputt.

Mein Körper schwingt weiter über den langen Tapeziertisch. Ich will gar nicht hören, was nun wieder schiefgegangen ist.

„Geh mal runter zum Kiosk und hol mir eine Flasche Bier!", ruft Papa. Das nächste Teil fällt scheppernd auf den Estrich.

Ich nehme sein Portemonnaie. Es sind zwei Fünfziger und ein Zwanziger drin. Ich nehme den Fünfziger, für Ette.

ETTE

Es wird langsam dunkel. Das Gras duftet so gut, besonders wenn man es mit den Händen verreibt. Man macht komische Sachen, wenn man so lange im Bau war. Ich rauche eine Zigarette, die ich mir aus dem Tabak der letzten Kippen und einem frischen Blättchen zusammengebaut habe. Dann nehme ich noch einen Schluck Cola. Sarah hat mir sogar ein Bier mitgebracht. Aber das ist für später, wenn es Nacht ist.

Ich muss nachdenken, wie es weitergeht. Denn es geht immer irgendwie weiter. Ich brauche einen Plan.

Der Sommer steht noch so warm in den Feldern und ich freue mich auf das Bier. Ich bin so ruhig und satt wie schon lange nicht mehr. Alles, sogar das raue Holz unter meinem Hintern, fühlt sich gut an. Im Norden die ersten Sterne. Es ist ein schöner Abend.

Ich hole das Bier und später mache ich eine kleine Nachtwanderung, als alles schläft. Ich gehe an unserem Haus vorbei. Alles ist dunkel. Meine Eltern liegen bestimmt in ihren Betten.

Ich gehe weiter durch die Siedlung, allein, frei.

Der Plan kommt, als ich den Schützenplatz sehe. Voller Lastwagen und Caravans.

JENNY

Es ist Schützenfest. Durch den Stoff der Jacke fühlt sich der Arm meines Vaters muskulös an. Ich halte mich an ihm fest. Ronnie ist noch nicht hier.

Alle, die ich kenne, sind da. Am Autoscooter stehen Solli und Pascal. Sie schauen in eine andere Richtung.

Mein Vater hat sich seine ganzen Orden auf die grüne Uniform gesteckt. Sie klirren leise.

Das Festzelt ist natürlich brechend voll. Die Band spielt gerade einen dieser Ski-Hütten-Hits. Sie unterbrechen, weil ihnen die Ankunft des Jungkönigs gemeldet wurde. Tusch.

Dann darf Tim auf die Bühne und ein paar Worte sagen. Er hört sich nach großem Sportler an.

„Aber was gibt es Schöneres, als Jungkönig zu sein?“,

fragt mein Bruder. „Das ist das Wichtigste in unserem Verein. Nicht nur der Sport, auch die Tradition hat dort ihren Platz!“ Mein Bruder hat noch nie größeren Unsinn geredet, ohne völlig betrunken zu sein.

Dann darf er sich einen Musiktitel wünschen. Er bittet um einen Walzer! Und er holt mich aufs Parkett.

Ich lasse mich hin- und herschwenken wie eine Puppe und versuche, ihm so oft es geht auf die Füße zu treten. Es ist mir peinlich. Nach dem Tanz verlasse ich das Festzelt.

Solli und Pascal stehen noch immer am Autoscooter. Neben ihnen die neue Freundin von Pascal. Sie sehen alle drei ziemlich dicht aus.

Ich versuche aus ihrem Gesichtsfeld zu kommen. Das Mädchen in Pascals Arm sieht mich an, als würde ich sie ekeln.

Solli wendet sich langsam um.

„Na, du fette Kuh!“, sagt Pascal laut.

Seine Freundin kichert: „Wie kann man nur so fett sein?“

„Lust auf eine schnelle Nummer?“, fragt Solli. „So wie deine kleine Schwimmfreundin?“

Es ist, als würde meine Schminke aus meinem Gesicht laufen. Meine Beine wackeln in den hohen Schuhen. Mein T-Shirt ist zu tief ausgeschnitten. Mein Busen sieht aufgebläht aus, so als sei ich eine Schlampe.

Ich versuche an ihnen vorbeizukommen.

Das Mädchen gibt mir einen Schubs. Pascal grinst böse.

„Hast es nicht nötig, mit uns zu reden, hm?“, fragt Solli.

Das Mädchen schubst mich noch mal zurück. So, als

sei jetzt klar, dass ich mich nicht wehren werde, boxt Solli mich in den Oberarm. Ich drehe mich rum und mache, dass ich wegkomme. Meine Knöchel zittern, als ich unsicher über den Kies des Festplatzes stakse.

SARAH Die Äste und Gräser sind geknickt bis zu der Stelle, an der Ette pinkelt und kackt. Ob das jemandem auffällt? Hier kommt nie einer hin, nur ich. Und Ette, der jetzt auf sein Essen wartet. Ich habe ihm ein richtig toll belegtes Baguette gemacht, mit gekochtem Schinken, Tomaten und Salat. Das alles getoastet und dabei mit Käse überbacken. Außerdem habe ich Brot, Marmelade und Cola dabei und Tabak, darum hat er mich schon mehrmals gebeten. Ich habe keine Angst vor ihm. Ette ist nett, er ist dankbar, grinst mit glänzenden Augen, wenn ich ihm etwas Leckeres gemacht habe.

Ich stelle mir vor, wie er Ticker davon erzählt, irgendwann mal, und Ticker weiß, dass ich es in Wirklichkeit für ihn gemacht habe.

Ich stehe vor der Tür der muffigen Hütte. Zuerst verstehe ich nicht, was es ist. Das alte Zahlenschloss ist wieder an seinem Platz. Er ist nicht mehr da. Vielleicht ist er nur kurz ein bisschen spazieren, vielleicht sucht er sich ein paar Brombeeren im Wald oder er ... Ich weiß nicht was. Er kann doch nicht einfach weg sein! Wo soll er denn hin! Ich wollte ihm doch helfen.

TICKER „Möchtest du denn nicht sein wie die anderen?“, fragt der Paffe erstaunt. Oder er tut nur so. Er weiß längst, dass ich bestimmt nicht so sein möchte wie die anderen.

Es ist zum Kotzen! Ich weiß nicht, in was ich mich hier wieder mal reingequatscht habe. Oder was der Pfaffe mir erzählt. Ich meine, wie sind die anderen denn? Hier sehe ich bloß welche wie mich oder den Schleimzahn. Entweder man hält dagegen oder man geht unter. Langsam.

„Und hier hält niemand dagegen?“, fragt der Pfaffe und grinst. Er kann tatsächlich so etwas wie grinsen, richtig dreckig.

„Ja, weil sich niemand kümmert, die Schließer nicht und Sie auch nicht!“, gebe ich zurück.

Es ist ihm doch sowieso egal, wieso sitzt er überhaupt hier bei mir und geht nicht den Schleimzahn belabern.

Es ist Samstagabend. Wochenende bedeutet hier drin eigentlich nur, dass nichts passiert, keine Post, kein Sport, nichts.

Nur der Pfaffe sorgt für Abwechslung, wenn man es so nennen will.

„Denkt doch erst mal nach, bevor du so etwas sagst“, meint er ruhig.

„Okay, Sie kümmern sich um mich“, sage ich folgsam. Er ist ein Arsch, aber ich könnte es noch weniger ertragen, wenn ich jetzt bis morgen Mittag allein wäre.

„Das meine ich gar nicht. Draußen konntest du prima damit leben, dass es jemand wie ... wie Schleimzahn gab. Da warst du sein treuster Diener.“

Er fängt schon wieder mit Ette an. Ich sehe aus dem Fenster. Vielleicht ist es doch besser, allein zu sein.

„Aber hier drin schreist du nach der Staatsgewalt, hm? Draußen waren es genau die, die dich eingebuchtet haben. Was du ungerecht findest, nicht wahr?"

Er lächelt sanft.

„Ich schreie ja gar nicht! Ich nehme doch alles locker, oder?"

Er lächelt immer noch sanft. Dann schaut er auf seine Uhr.

„So." Er muss gehen. „Vielleicht magst du ja morgen zum Gottesdienst kommen?"

Nein, will ich nicht.

MOMO Daniel wartet am Autoscooter auf mich. Ich habe noch Probleme mit größeren Menschenmengen, deshalb ist meine Handtasche so schwer.

Ich sehe Ette sofort. Er ist mager und bewegt sich am Rand des Festplatzes, dort wo das Wasser für die Biergeschäfte und Frittenbuden aus Hydranten gepumpt wird, in der Nähe des Toilettenwagens. Er sieht mich nicht, hoffe ich. Meine Hand bewegt sich in meiner Tasche und berührt prüfend das fettige Metall. Es fühlt sich gut an. Trotzdem ist die Haut hinter den Ohren gespannt, sobald er für einen Moment aus meinem Blickfeld verschwindet. Es ist ein bisschen wie unter Wasser, wenn ich aus den Augenwinkeln die Gegnerin taxiere.

Er hat abgenommen. Seine Haare sind fettig. Er ist hässlich, noch ekelhafter, als ich ihn in Erinnerung habe. Er bewegt sich anders, nicht mehr so, als gehöre ihm der ganze Schützenplatz. Er geht in Deckung, wann immer es ihm möglich ist.

Jetzt redet er mit einem der Schausteller, einem klapprigen Alten mit Mäusezähnen und Lederjacke. Er nickt, geht zum nächsten Typen und redet mit ihm.

Ich halte die Pistole fester.

Dann sehe ich Jenny. Ihr Make-up ist verschmiert und sie stakst über den Kiesplatz. Ich winke ihr. Als ich wieder zu dem Fahrgeschäft schiele, ist Ette verschwunden.

JENNY Manchmal sieht man etwas aus den Augenwinkeln und weiß etwas, bevor man es begreift. So ist es jedenfalls an diesem Abend, als ich über den Festplatz gehe. Momo ist ganz in Schwarz, so wie ich sie zuletzt bei der Beerdigung gesehen habe. Sie trägt eine schwarze Handtasche und winkt mir zu.

Ich will zu ihr hinlaufen, sie an mich drücken, ihr sagen, wie traurig und wütend ich bin.

Aber sie wirkt so klein und zäh, dass ich das lasse. Wir trinken am Bierrondell eine Cola.

Und dann ist da dieses Huschen, das ich nur wahrnehme, weil ich mich bücke und an meinen neuen Schuhen fummele. Es ist eine Hand, die in der Menge in eine fremde Jackentasche greift. Und als mein Blick den Arm hochwandert und das Gesicht dazu sieht, ist es, als weiche alles von mir zurück. Die Menschen um uns herum sind weit weg.

Ettes Augenbrauen heben sich im Erkennen und

gleichzeitig ist er sicher, dass er immer noch Macht über uns alle hat. Er glaubt tatsächlich, dass ich immer so bleiben würde, gebückt und unter ihm. Ich richte mich auf.

Momo ist neben mir und ihre Hand greift schnell in die Tasche und holt etwas hervor, das dunkel und silbrig aus einem alten Fensterleder blitzt.

Gleichzeitig drängt sich noch ein Gesicht auf mich zu, es ist Ronnie, dessen Gesicht neben Ette erscheint, strahlend und unschuldig, und der sich darauf freut, mich zu küssen, während Momos Hand sich hebt und auf Ette zielt.

MOMO Ich werde mich immer daran erinnern. An die lauten Fahrgeschäfte, an den Autoscooter und die Durchsagen, an die blitzenden Lichter gegen den Abendhimmel. Ich stehe da, nicht länger als ein Überschlag mit dem Fliegenden Teppich dauert, und in diesem Moment sehe ich alles. Ich werde wieder auf den Waldboden gedrückt und bin halb wahnsinnig vor Angst, ich bin wieder in der Klinik und laufe meine morgendliche Runde, ich fahre wieder ans Krankenbett von Opa, ich sehe sogar die grauen Brusthaare unter seinem Schlafanzug, ich sehe meine Mama im Gerichtssaal und den Anwalt. Ich sehe die blutigen Glasscherben. Ich sehe Opa auf seinem Totenbett und seinen Sarg und die Pistole, die ich jetzt in der Hand halte.

ETTE Die Waffe zittert nicht mal. Ich blicke genau auf die Mündung, auf die magere Hand und auf den halb geöffneten Mund dahinter, der aussieht wie mit einem Messer gezogen. Ihr ganzes Gesicht hat etwas Hartes, etwas Gemeines, ganz anders als früher. Ich habe Momo natürlich erkannt.

In solchen Momenten ist es wichtig, sich den Gegner schwach zu denken, so schwach, wie sie gewesen ist, als ich ihr die Luft abdrückte, als ich ihr ins Gesicht spuckte und ihr Bein aufschnitt. Wie sie Angst hatte zu ersticken, wie sie ... hat sie nicht etwas gesagt? Etwas geschrien, nach ihrer Mutter? Haben wir nicht darüber gelacht? Ich weiß, dass ich sie dazu bringen kann, sich zu erinnern. Ich weiß, dass ich das schaffe. Ich habe das schon tausend Mal gemacht.

Doch dann ist der Moment, in dem ich die Situation in die Hand nehmen kann, vorbei. Ich sehe das in ihren blanken Augen. Sie wird schießen.

JENNY Ich will, dass Momo es tut. Es erschreckt mich selbst, wie klar ich das denke. Diese doofe Sau. Ich will, dass er endlich mal Angst hat, dass ihm endlich mal wehgetan wird. Hier auf dem Festplatz soll er wimmernd herumkriechen. Endlich mit seinem Scheiß aufhören, genauso wie die ganzen anderen Idioten, die über mich lachen und sich nichts dabei denken. Ich will es natürlich nicht, nur für einen Moment. Eigentlich will ich hier einfach nur weg. Dann ist mir egal, was die alle machen.

MOMO Es wird irgendwie still um uns herum. Ette, Jenny und ich stehen in einem Kreis von Leuten, die uns zusehen, als ginge sie das eigentlich nichts an, die aber trotzdem interessiert sind. Es fühlt sich plötzlich an, als stünde ich auf dem Startblock. Gespannte Erwartung.

Hinter allem sehe ich das silbrige Wasser, in das ich nie mehr eintauchen werde. Das tägliche Training, die ganzen Hoffnungen, die sich in diesem Jahr zerschlagen haben, die Landesmeisterschaften, die Mitgliedschaft im Kader.

Dann ist die Vision vorbei und ich sehe Ette vor mir, einen Idioten, der zwar gefährlich ist, aber im Grunde ein Idiot, der versucht, mich zu hypnotisieren, der nichts mit mir zu tun hat und niemals haben soll. Da weiß ich, dass ich nicht abdrücken werde.

SARAH Als ich zum Festplatz komme, ist alles laut und hell. Solli und Pascal stehen am Autoscooter, aber Ette ist nicht dabei. Wieso bilde ich mir ein, er sei hier? Hier kennt jeder jeden, ich nicke und winke immer wieder, zu jedem bekannten Gesicht, während ich so tue, als sei ich mit irgendjemandem verabredet und hätte wenig Zeit. Damit nicht auffällt, dass ich jemanden suche. Ich habe Angst und bin gleichzeitig erleichtert, wenn ich jemanden sehe, von hinten oder von der Seite, der Ette sein könnte, es aber nicht ist.

Er ist nicht hier, er ist abgehauen oder isst in der Hütte das kalt gewordene Baguette.

Ich drehe mich um. Mein Vater steht da, den Arm um eine fremde Frau gelegt, mit der freien Hand fuchtelt er mit einem Bierglas, um etwas zu erklären.

Er schaut jetzt genau in meine Richtung. Ich starre ihn an und die Frau, die ich nicht kenne. Er starrt zurück und da strafft sich sein Körper.

Papa sagt was zu der Frau, dann hält er auf mich zu.

„Hallo, Papa!“, sage ich.

„Was hast du mit den fünfzig Euro gemacht? Hm, junge Dame? Hältst dich wohl für ganz schlau!“

„Wovon redest du?“, frage ich zurück. Aber ich weiß, dass er sieht, wie ich ihn anlüge.

„Da reden wir noch drüber! Darauf kannst du dich verlassen!“

Ein paar Leute schieben sich eng an uns vorbei.

Papa riecht nach Alkohol und einem Rasierwasser, das ich nicht kenne. Seine Hand packt mich fest am Arm.

„Eine Waffe, echt!“, höre ich aus einem Gespräch der Drängler. Eine aufgeregte Stimme, fast schadenfroh.

„Er hat eine Knarre?“

„Nein, sie! Diese Schwimmerin!“ Die Stimme überschlägt sich fast.

MOMO Und mit einem Sprung ist Tim bei Ette und reißt ihn zu Boden.

„Mach das nicht!“, schreit er mir zu. Daniel, der mit Tim gekommen ist, dreht mir das heiße Metall aus der Hand. Es geht ganz einfach. Ich lasse einfach los.

SARAH Papa zwängt sich neben mich ins Auto. Die fremde Frau fährt. Ich weiß nicht, wieso er jetzt den Verantwortungsvollen spielen muss. Er redet viel, wie immer, wenn er getrunken hat. Er will sich vorführen, sich wichtig machen, auf meine Kosten.

Die Polizei kommt uns entgegen. Zwei Wagen. Mir wird kalt und gleichzeitig heiß, so wie man das zuerst nicht sagen kann, wenn man sich verbrüht oder ins Eisige fast.

Wir halten an der Kreuzung zur Siedlung, rechts geht es hoch in den Wald zum Silbersee.

Papa ist mit Reden beschäftigt. Er schaut sich selbst im Rückspiegel zu.

Ich taste zum Türgriff und schon bin ich draußen. Mein Fuß tut weh, aber ich laufe durch die halbdunklen Tannen, über die rutschigen Nadeln. Ich denke an Ticker, wie er hier in diesem Wald gelaufen sein muss, und an Ette. Und an Momo, die Arme, und an Jenny.

Ich spüre nichts. Ich will nur einfach nicht mehr in diesem Auto sein.

Deshalb laufe ich gar nicht so weit, sondern verstecke mich ziemlich bald in ein paar Brombeerbüschen.

Mein Vater ruft nach mir, die Frau höre ich nicht.

Dann klappen zwei Autotüren, der Motor wird gestartet und ich höre sie wegfahren.

So wichtig waren ihm die fünfzig Euro also doch nicht, denke ich. Ich ziehe vorsichtig eine Brombeerranke von meiner Jeans, dann mache ich mich auf den Weg.

JENNY „Gib mir die Pistole!“, sagt Momo zum dritten Mal.

Wir sind in Daniels Auto zusammengequetscht, auf dem Weg zur Polizei, um unsere Aussage zu machen.

Sie haben Ette mitgenommen, gerade eben. Nicht mal der Fliegende Teppich oder der Autoscooter hat die Musik ausgemacht, so einfach und unspektakulär war's.

„Du spinnst wohl!“, sagt Daniel.

Tim sitzt mürrisch neben mir. Okay, auf dem Festplatz war er der Held, aber irgendwie hat er sich seine Jungkönigzeit bestimmt anders vorgestellt. Ronnie sitzt auf meiner anderen Seite.

„Also, bei den Bullen sagen wir, dass wir Ette gleichzeitig gesehen haben. Tim und ich haben ihn quasi nur festhalten wollen“, gibt Daniel Instruktionen.

„Wer ist dieser Ette? Warum hat die Polizei ihn mitgenommen?“, flüstert Ronnie mir zu.

„Du bleibst am besten im Auto“, sagt Daniel und sucht im Rückspiegel Ronnies Blick.

„Ette ist jemand, den wir alle mal kannten. Er kam in den Knast und da gehört er auch hin“, sagt Tim. Ronnie sieht mich an.

Momos Nacken ist schmal und starr. Sie schaut durch die Windschutzscheibe.

„Wir erklären dir das später!“, sage ich. Er soll die Klappe halten.

„Gib mir endlich die Pistole! Nur als Erinnerung!“, fängt Momo wieder an.

„Sie ist im Handschuhfach. Lass sie da, bis wir bei den Bullen fertig sind.“

ETTE „Warum nehmen Sie diese Psycho nicht mit? Haben Sie nicht gesehen, dass sie auf mich schießen wollte?“

Ich kann nicht ruhig bleiben, obwohl ich es müsste. Verdammt.

Der Bulle neben mir grinst. Er grinst mir ins Gesicht, wirklich!

„Das klären wir alles später“, sagt der andere Bulle. „Jetzt beruhige dich erst mal!“

Aber ich kann nicht. Sie nehmen mich mit und lassen diese Durchgeknallte einfach auf dem Festplatz. Sie hätte mich erschossen! Sie hätte mich fast erschossen. Ich kann nicht aufhören zu brüllen. Sie sperren mich ein, erst in eine normale Zelle, mit Pritsche und Klo und allem, dann, als ich nicht aufhöre zu brüllen und zu toben, in eine noch kahlere, in der ich mich beruhigen soll. Ich bin wie ein Tier, nicht mal meine Hand tut mir noch weh, ich schreie, schlage mit dem Kopf gegen die Wände, springe gegen die gepolsterte Tür. Und schreie weiter. Es kommt keiner mehr.

Aber das ist egal. Alles ist egal, solange ich nur schreie. Ich spüre die Wut in mir, das Einzige, das mir vertraut ist.

SARAH Je näher ich dem Festplatz komme, desto alberner komme ich mir vor. Was soll das alles? Was hast du damit zu tun? So höre ich Marie in meinem Kopf, die spöttische Stimme, die sie hat, wenn sie nebenbei noch etwas anderes tut, CDs brennen oder ihre verdammten Augenbrauen zupfen. Ich hasse Marie, ich hasse meinen betrunkenen Vater! Ich hasse meine weinerliche Mutter.

Aber ist das ein Grund, Ticker zu lieben? Oder Ette zu finden?

Ich stoppe mitten in der Bewegung und setze meinen Fuß dann ganz langsam auf. Einen Schritt tue ich noch in Richtung Festplatz, aber dann drehe ich mich um und gehe nach Hause.

•

MOMO Sie wollen gar nicht so viel wissen. Sitzen da und unterhalten sich mit uns. Sie sind nett, ja, wirklich. Ich nenne meine Personalien und der, der meine Zeugenaussage tippt, sieht mich erstaunt an. Mir wird heiß um die Ohren herum. Ich weiß nicht mehr, ob er hier war, als ich die Anzeige gemacht habe. Kann er sich an irgendwas erinnern?

Auch Daniel und Tim machen ihre Aussagen und alles wird in einen Computer getippt.

Dann können wir gehen. Sie fragen nicht nach der Waffe. Sie sind sogar eher desinteressiert, als es darum geht, wie genau wir es angestellt haben, dass er nicht geflohen ist. Ette. Ich will immer als Ette an ihn denken, einfach seinen Namen, mir nichts ausdenken, wie ich ihn nennen könnte. Ich will auch nicht mehr nur „er“ und „ihn“ sagen. Es passiert nichts Besonderes, wenn ich seinen Namen ausspreche. Es ist einfach nur sein Name.

Der Polizist kommt um den Schreibtisch herum und

gibt mir die Hand. Ich bin sicher, dass er mich erkannt hat, und werde wieder rot.

„Viel Glück am Sonntag!“, wünscht er mir mit einem breiten Lächeln.

Als er zu seinem Schreibtisch geht, kann ich seinen Namen dort lesen. Er heißt Klaus Taxacher. Es ist der Vater von Irina.

JENNY Ronnie kommt mit zu uns. Wir gehen in mein Zimmer. Ich bin müde. Ich möchte neben ihm einschlafen, sonst gar nichts.

Ronnie sitzt auf meinem Bett. Er gähnt und ich gähne mit. Dann grinsen wir.

„Ist es denn wirklich in Ordnung?“, fragt er noch mal.

„Klar!“, sage ich. Ich bin mir da ganz und gar nicht sicher, aber was soll mein Vater denn machen?

Ronnie zieht sein T-Shirt aus, dann seine Hose. Er legt sich in mein Bett und sieht mich an.

Ich muss noch mal ins Bad, putze mir die Zähne, mache mir das ganze Make-up weg und bürste meine Haare durch. Das Licht ist aus, als ich wieder ins Zimmer komme.

„Schläfst du?“

„Quatsch!“

Im Dunkeln merke ich, wie Ronnie die Decke hochhält, während ich mich neben ihn lege. Er zieht sie über meine Schultern, dann kuschelt er sich eng an mich.

ETTE Die Tür bewegt sich. Ich bin sofort auf den Füßen und bringe nur noch heiseres, unzusammenhängendes Zeug raus. Ich will nur raus. Aber sie stehen sofort da, zu viert, drei in Uniform, einer in Zivil. Zwei haben die Knarren am Anschlag. Ich schaue auf den Boden, versuche die Angst wegzumachen, die mir in der Brust sitzt. Aber ich weiß, sie können es sehen. Scheiße, jeder kann es sehen. Ich bin zu Hause im Badezimmer, ich bin klein, nackt und frisch geduscht, ich stehe vor meinem Vater und er nimmt seinen Gürtel ab, um mich damit zu schlagen. Ich darf nicht daran denken. Wenn ich damit anfange, bin ich verloren.

Der in Zivil ist Arzt. So viel bekomme ich mit. Er sieht sich meine Hand an, er gibt mir was zur Beruhigung und auch was gegen die Schmerzen. Ich habe keine Schmerzen, kann ich da nur sagen. Während er mich untersucht, nehme ich alles in mich rein. Ich kann sogar dem einen Bullen, der mir gestern ins Gesicht gegrinst hat, in die Augen sehen.

„Haben Sie die Verrückte endlich verhaftet?“, frage ich ihn.

Er sagt nichts.

„Ich möchte eine Anzeige machen. Ich wurde mit einer Waffe bedroht.“

„Schade“, sagt der Bulle im Hintergrund, der ohne Knarre dasteht. „Schade, dass sie nicht abgedrückt hat!“

Der Arzt macht sich an seiner Tasche zu schaffen.

„Weißt du, ich habe auch eine Tochter, ein bisschen jünger“, sagt der Bulle noch. Die anderen zucken mit den Schultern.

SARAH Es ist nicht so, dass sich plötzlich alles ändert, nur weil man eine Erkenntnis gehabt hat. Am Sonntag wache ich auf und sehne mich nach Ticker, oder besser dem Bild, das ich mir zurechtgemacht habe. Obwohl ich das irgendwie weiß, kuschele ich mich in mein Federbett und stelle mir vor, er würde mich in seinen Armen halten.

JENNY Papa ist natürlich fuchsteufelswild. Solange Ronnie bei uns am Frühstückstisch sitzt, zeigt er das nicht, aber er säbelt an der kalten Butter und klatscht sich das Rührei auf den Teller, wie er es nur macht, wenn er es eigentlich kaum noch aushält. Ronnie merkt das natürlich auch, aber was soll er tun. Und meine Mutter sitzt da mit diesem Musste-das-denn-sein-Lächeln.

Ich bin sechzehn, will ich die ganze Zeit sagen, aber darum geht es nicht. Heute Morgen ist nämlich Schützenmesse und danach großer Festumzug. Deshalb steckt meine Mutter auch in einem total bescheuerten Dirndl. Tim wirkt müde und ernst, aber das ist kein Wunder.

„Willst du dich nicht umziehen?“, fragt Papa, als er sich sicher ist, dass er seine Stimme beherrschen kann.

„Nein, ich gehe nämlich heute nicht hin.“

Papas Gabel stoppt, aber das ist nur Theater. Es muss ihm längst klar sein.

„Frau Sand hat mich eingeladen, wir fahren nach Siegen.“

Mamas ungewohnter Busen wogt vor Schreck. Dieses Mieder ist einfach lächerlich.

Papa sagt gar nichts. Aber er würde mir am liebsten eine knallen.

Momo

Die Saison geht zu Ende. Wir sind unterwegs zu einem der letzten Wettkämpfe. Peggy hat sich krankgemeldet, und wenn ich Bender, der vor mir im Vereinsbus sitzt, reden höre, kann ich auch verstehen, warum.

Mir selbst schwirrt der Kopf von seinen Reden. Wir merken natürlich alle, dass er nervös ist, aber muss er das an uns auslassen? Kann er nicht einfach mal die Klappe halten?

Kaum sind wir angekommen und umgezogen, muss er unbedingt eine Taktikbesprechung machen. Ich will das nicht. Ich will vor allem ins Wasser und wissen, wie ich mich fühle.

Irina Taxacher ist da und dehnt ihre prächtige Schultermuskulatur. Sie trägt einen dieser neuen Schwimmanzüge mit angeschnittenen Armen und Beinen. Ich fühle über meinen Unterarm. Frisch rasiert, genauso wie der Rest meines Körpers.

Als ich endlich im Wasser bin, kann ich mich nicht entscheiden, wie ich mich fühle. Vor allem bemerke ich, dass dieser Tunnel, in den ich beim Schwimmen oft eintauche, weg ist. Ich beobachte die Zuschauer, sehe, was die Mädels auf den Bahnen neben mir machen, denke darüber nach, dass ich im Winter endlich essen kann, ohne Kalorien zu zählen, ob ich mir die Haare länger wachsen lassen soll, ob am ersten Schultag das Wetter gut genug ist, um meinen neuen Rock anzuziehen, so etwas eben. Ich bin unkonzentriert, sehr unkonzentriert. Wenn Bender das wüsste!

Ich komme gut vom Block und los geht's! Und wenn ich es nicht in diesem Moment selbst erlebt hätte, würde ich es nicht glauben. Die anderen schwimmen und ich weiß, was sie als Nächstes tun werden, welche sich zurückhält und erst mal mitschwimmt, welche jetzt schon Gas gibt, weil es schwer für sie ist, von hinten zu schwimmen. Ich weiß sogar, dass Irina das Rennen mit kurzen Sprints anzieht und dann wieder lockerlässt, um mich aus der Reserve zu locken.

Mein Körper macht alles von selbst und fühlt sich wunderbar an, er macht alles genau so, wie er es in Millionen Übungsstunden gelernt hat. Ich muss nichts forcieren und ich muss nichts wollen. Ich muss einfach nur schwimmen. Es ist fantastisch. Ich bin bei der ersten Wende und weiß, dass drei Köpfe auf mich zukommen und zwei vor mir sind. Ich halte den Rhythmus, ziehe einfach weiter bis zur nächsten Wende, vier Köpfe hinter mir, einer (Irina!) vor mir. Ich mache ihr Druck, indem ich in ihrem toten Winkel bleibe. Sie weiß, dass ich hinter ihr bin, irgendwo hinter ihr. Und dann, als sie es kaum noch aushält, ziehe ich noch ein kleines Stück vor, neben sie, damit sie weiß, dass ich jederzeit jedes Tempo halten kann. Und zwei Züge vor dem Ziel gehe ich an ihr vorbei.

Ich ziehe mich sofort hoch, sehe auf die anschlagenden Hände ringsum, auf die Köpfe, die untertauchen und wieder hochkommen.

„Das ist also Wettkampfschwimmen!“, denke ich blöde, als sei ich zum ersten Mal in einer Schwimmhalle. Ich muss lachen.

JENNY

Wir sind in einer Kurzfilm-Matinee gelandet. Es hängen massenhaft durchgestylte Studentinnen herum und Jungs, die mit langen Haaren und schwarzen Brillengestellen auch furchtbar schlau aussehen.

Dann beginnt der erste Film. Es geht um eine wahnsinnig schöne Frau, die sich auf einer ziemlich blaustichigen Party herumtreibt. Sie nimmt einen schönen Typen mit nach Hause, hat Sex mit ihm und erschießt ihn dann.

„Hm“, mache ich. Die anderen klatschen, deshalb klatsche ich auch. Aber eigentlich finde ich das doof. Als wäre Sterben sexy.

Der Regisseur ist anwesend. Er kommt nach vorne und verbeugt sich.

Es kommen noch mehr Filme, manche gefallen mir, manche nicht.

Dann beginnt ein Film, der wahrscheinlich irgendwo im Siegerland spielt. Es geht um Galloway-Rinder. Zuerst ist es schrecklich langweilig. Ich meine, diese Viecher stehen im Gras rum und manchmal legt sich eins hin und manchmal steht eins auf. Da stehen sie vorne auf der Weide, oder eben hinten. Dann wird der Film schneller und schneller, bis nur noch ganz kurze Bilder zu sehen sind. Aber dadurch wird es immer spannender. Wo sind die Rinder? Welches liegt, welches steht? Sie bilden immer neue Muster und durch die schnellen Schnitte strengt man sich total an, das Muster möglichst schnell zu erkennen, bevor das nächste Bild kommt. Als letzte Einstellung stehen alle Tiere vorne am Zaun und sehen mit ihren sanften dunklen Augen genau in die Kamera.

Die Leute lachen und klatschen. Der Film wurde von einer Frau gemacht. Sie steht kurz auf und nickt in den Applaus. Sie hat überhaupt nichts Durchgestyltes. Sie sieht eher gewöhnlich aus, als wäre sie Verkäuferin in einer Bäckerei oder so.

Das will ich auch machen, denke ich. Ich will eine Kamera.

TICKER Ich wache auf, um mich herum eine tödliche Stille. Es ist mitten in der Nacht. Ich habe geträumt. Von meiner Mutter. Wie sie gestorben ist und wie mein Vater aus dem Krankenhaus gekommen ist. Das Gesicht war eine graue Wunde. Er kam in mein Zimmer und schaute mich an. Er ging wieder. Aber ich wusste Bescheid.

Im Traum kommt meine Mutter an mein Bett. Und weil sie tot ist, weiß sie, dass ich nicht schlafe. Ich habe furchtbare Angst.

Ette

Es tut mir nichts weh. Schon gar nicht die Hand, wie sie meinen. Das ist das Erste, was ich gelernt habe. Nichts tut wirklich weh, alles lässt sich auflösen in einem Meer aus Röte vor den Augen und Wut.

Der Arzt biegt an den krummen Fingern, dann untersucht er umständlich den Handrücken. Er brummt irgendetwas.

Sie bringen mich zum Röntgen, diesmal sind sie zu zweit.

Sie können nicht in mich hineinschauen, egal was sie tun. Sie können gar nichts. Alles prallt an mir ab. Nichts bedeutet wirklich etwas. Ob das die Tabletten sind, die sie mir gegen die Schmerzen gegeben haben? Vor dem Transport. Jetzt bin ich wieder im Bau, hellgelb gestrichen, und es riecht nach Kohl und Verschwitztem wie immer.

Gegen die krummen Finger kann man nichts machen. Sind jetzt so zusammengewachsen.

Und Pianist wolle ich ja wohl kaum werden. Ich spüre kurz, wie etwas in mir hochkommt. Aber ich muss nichts fühlen. Ich kann wie eine Maschine sein, die nächsten fünf Jahre, vielleicht auch für immer. Ich kann aus Stein sein.

Pianist wollte ich noch nie werden. Ich grinse nicht mal.

Ich gehe einfach weiter, immer weiter, neben mir die beiden Bullen, bis zu meiner Zelle.

SARAH Aber ich muss was tun, überlege ich mir, während ich auf die vertraute Türklingel drücke. Marie selbst öffnet. Ihre Mutter ist nicht da, nur das Mädchen, so nennen sie ihre Putzfrau.

Marie ist dabei, ihre Sommergarderobe zu sichten. Der Stapel, den sie wegwerfen will, ist schon riesig. Man könnte eine ganze Boutique damit eröffnen. Nur, dass alles Größe achtunddreißig wäre. Oder sogar sechsunddreißig. „Vielleicht willst du ja was? Das kann man ja alles noch tragen, ich habe mich nur daran sattgesehen."

Folgsam hebe ich ein seidiges himbeerrotes Top auf. Es wirkt wie neu. Marie wird es vermutlich etwas zu klein sein.

„Das wäre doch was!", ermuntert sie mich, als sei ich ein kleines Kind. Ich habe das alles so satt. Aber natürlich ziehe ich das Top an, dann noch einen Cordblazer in Schwarz darüber und schließlich trage ich die halbhohen Schuhe mit den dünnen Riemchen über dem Spann, die ich schon den ganzen Sommer über toll fand.

„Süß!", sagt Marie.

Ich lächele und hoffe, dass ich dankbar aussehe, so wie immer.

MOMO Am Mittwoch, drei Tage nach diesem fantastischen Rennen, schwimme ich zum ersten Mal unter dem deutschen Rekord über 200 Meter. Klar, nur im Training.

„Oh, mein Gott!“, flüstert Bender, als er es endlich glaubt.

Ich sage es ihm nicht, aber irgendwie habe ich das Gefühl, ich hätte noch schneller gekonnt.

TICKER Es ist Donnerstag, Besuchstag, ein Scheißtag. Ich weiß, dass Sarah nicht kommt, und ich will sie irgendwie auch nicht mehr sehen. Und dann doch wieder, es ist kompliziert.

Es sind mein Vater und meine Schwester, die an dem Besuchstisch sitzen. Es wird schwierig wie immer. Mein Vater nimmt sich nur selten Urlaub und meistens geht er, bevor die Besuchszeit vorbei ist. Was soll ich mit ihm reden? Ich bin abgehauen und das hatte seinen Grund. Mit meiner Schwester ist es anders. Ich schäme mich, ehrlich gesagt.

Sie setzen sich hin. Ich sitze ihnen gegenüber. Mein Vater boxt mich auf den Oberarm, ey, voll der Coole.

Nina lächelt nicht mal. Sie sieht sich um, mag nicht hier sein.

Ich nehme die Zigaretten, den Kaffee, die Schokolade. Ich höre mir an, was auf dem Schützenfest los war.

Oh, Mann, sage ich immer nur. Oh, Mann. Ich weiß nicht, was ich weiter sagen soll. Nina lächelt mich an, als wir uns verabschieden.

JENNY „Okay, und jetzt lauf nicht wieder so schnell!“, sage ich zu Mama. Ich halte die Digitalkamera, die Frau Sand mir geliehen hat, und sehe meiner Mutter auf dem Bildschirm zu.

Sie schüttelt den Kopf. Wir sind bei REWE. Mein erster Film ist über meine Mutter, weil sie in dieser Familie so wenig zu Wort kommt. Aber sie mag das nicht besonders.

Außerdem vergisst sie andauernd, dass ich einen Film über sie mache, und biegt um Ecken oder bückt sich, um an die billigen Filtertüten zu kommen. Das sieht auf dem kleinen Bildschirm natürlich ziemlich doof aus.

„Nimm noch mal die Erbsen, bitte!“, ermuntere ich meine Mutter. Sie tut mir den Gefallen, studiert lange das Etikett, als hätte sie in ihrem Leben noch keine Dose Erbsen gesehen. So geht das natürlich auch nicht.

Einen Dokumentarfilm über ein Hausfrauenleben habe ich mir viel leichter vorgestellt. Und vermutlich gibt es den auch schon.

Dann sehe ich Sarah am Kaffeeregal. Sie sieht hübsch aus, sogar schön, wie immer eigentlich. Und ich bin wie immer ein bisschen neidisch, sogar jetzt noch.

Mama hat sie auch gesehen.

„Sag doch wenigstens Hallo!“, meint sie.

Aber ich will nicht. Sie ist auf der anderen Seite, bei Ette, Ticker, Solli, Pascal und der neuen Freundin von Pascal.

Sie tut so, als hätte sie mich nicht gesehen. Vielleicht schämt sie sich, vielleicht ist sie nur eingebildet.

„Sarah hat’s doch jetzt auch nicht leicht!“, versucht

es meine Mutter weiter. „Mit ihren Eltern und dem allen!“

Klar, das geht natürlich in der Siedlung herum.

Ich muss aufhören, über die Gedanken anderer Leute nachzudenken, kommt es mir in den Kopf. Sonst werde ich noch wie meine Mutter. Ich mache die Kamera aus.

Soll ich etwa alles vergessen und so tun, als sei nichts gewesen? Das kann ich einfach nicht.

MOMO Bender ist bei uns zu Hause. Er sitzt an Opas Platz und trinkt eine Cola. Bestimmt light, zu viel Zucker bringt nur den Stoffwechsel durcheinander. Obwohl er kaum noch schwimmt, hält er sich selbst eisern an alle Regeln, die er aufstellt.

Mama hat ihm Plätzchen hingestellt, obwohl sie es besser wissen müsste. Ich werde nicht den Fehler machen, in seiner Gegenwart etwas anderes zu essen als den von ihm empfohlenen Protein-Shake.

„Fit für Sonntag?“, fragt er. Wir haben uns eben in der Schwimmhalle gesehen. Er weiß, wie fit ich bin.

Mama lächelt ein bisschen, als sie mich sieht. Sie drückt mich an sich.

„Was will er?“, flüstere ich in ihr Ohr.

„Ich weiß es nicht“, flüstert sie zurück. Aber ich glaube ihr kein Wort.

Bender verabschiedet sich. Mama bringt ihn zur Tür. Hat sie geweint? Was ist denn los?

„Nun sag schon!“

„Bender hat überall herumtelefoniert. Nächste Saison und so. Wie du weitermachen sollst."

„Und? Wie soll ich weitermachen?"

„Er meint, das Beste sei, wenn du nach Berlin gehst", sagt sie. „Bender hat einen Trainer beschwatzt, der kommt am Sonntag zum Wettkampf." Jetzt verstehe ich, warum sie geweint hat. Und warum sie es mir nicht sagen wollte, als Bender dabei war.

Er kann sich nicht zurückhalten, wenn man einfach mal nachdenken muss.

TICKER

Vielleicht möchte ich nicht sein wie die anderen, aber ich brauche in jedem Fall einen Schulabschluss. Deshalb sitze ich jetzt hier, ausgewählt und wegen guter Führung. Wahrscheinlich hat der Pfaffe das sogar befürwortet. Wenn das so weitergeht, werde ich noch sein verdammter Jünger.

Ich kann lesen und schreiben und ein bisschen rechnen. Mehr braucht man ja eigentlich nicht. In der Sieben bin ich schon nicht mehr regelmäßig hingegangen. Mit Bruch und Dreisatz braucht man mir also nicht zu kommen.

Jetzt sitze ich hier mit sieben anderen Auserwählten und es ist so still, wie ich es noch nie in einer Klasse erlebt habe. Klar, die anderen haben auch Angst, dass sie sofort wieder rausfliegen.

Es macht mir schon ziemliche Mühe, ruhig auf dem Stuhl zu sitzen. Sobald ich darüber nachdenke, muss ich mich bewegen. Außerdem muss ich die anderen abchecken, also, wer ist hier der Boss, wer ist der letzte Arsch.

Ich war nie der Boss, aber immer vorne mit dabei. Das ist wichtig.

Schleimzahn und seine Kollegen sind jedenfalls nicht hier. Aber Hannes, mit dem ich kaum noch rede. Zu gefährlich.

In der Schule hatte ich nie Angst, vor keinem Lehrer und vor den anderen schon mal gar nicht.

Nein, das stimmt nicht. Oh Mann, es ist die Stimme vom Pfaffen, die das sagt. Ich hatte Angst, dass die anderen über mich lachen, weil ich was nicht richtig mitbekommen habe. Konnte mich nie richtig konzentrieren und so.

Momo

„Warum willst du das denn nicht?"

Daniel ist lieb und nett, aber ich kann ihn am nächsten Sonntag auf gar keinen Fall dabeihaben.

„Weil es nicht geht. Wenn es irgendein Wettkampf wäre, okay, aber nicht Sonntag."

Er hält vor unserem Haus. Ich mache die Beifahrertür auf, dann mache ich sie wieder zu. Ich lege meine Hand zögernd auf seinen Arm. Ich habe ihn noch nie so angefasst.

Er dreht sich zu mir und lässt sich umarmen. Er riecht gut, besser als ich mir vorgestellt habe. Ich atme laut aus.

Daniels Arme werden um mich herum enger und auch das ist schön.

„Du bist so lieb!“, sage ich zu seinem Ohr und dann küsst er mich und ich küsse ihn zurück.

„Warum ist deine Haut so rau?“, flüstert er. Ich finde nicht, dass das besonders romantisch ist, aber er hat ja recht.

„Das hat mit dem Schwimmen zu tun. Im Winter ist das besser“, flüstere ich. Wir küssen uns noch mal, länger.

„Bis Sonntag“, sagt er, als ich aus dem Auto aussteige. Ich werde keine Zeit für ihn haben.

Ticker

Liebe Sarah,
es tut mir alles so leid. Nicht nur, dass ich jetzt nicht bei Dir sein kann.
Ich denke viel daran, was ich gemacht habe. Du weißt schon, die Sache mit Momo. Ich kann mir das jetzt gar nicht mehr erklären. Was ich getan habe, war falsch.
Ich weiß nicht, wie ich das jetzt noch ändern soll. Klar, es war Ettes Idee. Aber ich habe mitgemacht.
Und die ganzen anderen Sachen, der Mann in der Tankstelle, die Taxifahrerin. Ich war so ein Idiot.
Was macht Momo jetzt eigentlich? Siehst Du sie noch manchmal? Ich weiß nicht, ob das richtig ist, aber kannst Du ihr sagen, dass es mir leid tut?
Musst Du nicht. Ich weiß, dass das beschissen ist. Aber vielleicht hilfst Du mir?
Ticker

JENNY Ich versuche einen Film über Tim, meinen Vater und den Schützenverein. Aber eigentlich stehen sie nur herum oder schießen auf Scheiben. Tim wird zur deutschen Meisterschaft fahren und er trainiert wie besessen. Aber das eigentlich Wichtige, also wie er sich vorbereitet, das ist natürlich sein Geheimnis. Von außen sieht man nur, wie er mit hängendem Kiefer in den Garten starrt. Über sein Mental-Training zu reden, lehnt er ab. Nach zwei Tagen breche ich den Schützenfilm ab. Sie sind einfach zu langweilig.

SARAH Ich könnte kotzen. Ich stelle mir nicht mehr vor, dass Ticker neben mir geht. Ich habe den letzten Brief bei mir, den ich auswendig kann.

Was ich getan habe, war falsch.

Der Bauwagen steht verlassen da. Es nieselt.

Ich setze mich ins feuchte Gras und zerreiße das Papier in kleine Schnipsel. Dann zünde ich einen nach dem anderen an und sehe zu, wie sie sich einrollen und kokeln.

Es ist so, als könne ich plötzlich wieder sehen und hören. Ich kann die winzigen Regentropfen erkennen, die an den Grashalmen nach unten laufen. Ich kann riechen, dass sich das verkohlte Papier mit der regennassen Luft mischt. Ich kann die Motoren der Autos auf der Schnellstraße hören.

Das alles ist echt. Ich muss nur hinschauen.

ETTE Dieses Mal ist alles anders. Ich kann jetzt nicht einfach ruhig auf dem Bett liegen und nachdenken.

Ich kann diese Geschichte nicht verstehen. Dieses Mädchen hält mir eine Pistole ins Gesicht und drückt nicht ab. Ich weiß nicht, ob ich abgedrückt hätte. Darüber will ich nicht nachdenken.

Jetzt bin ich wieder hier, eingesperrt.

MOMO Es ist der letzte große Wettkampf der Saison. Im ersten Rennen komme ich gut vom Block und schwimme sofort los. Es ist nicht das einzigartige Gefühl, das ich jetzt manchmal habe, aber ich schlage als Zweite an und bin zufrieden. Bender auch.

Tina Melchior geht über ihre Kurzstrecke und schwimmt von vorne. Sie hat knapp die Hände dran und gewinnt.

Benders O-Beine biegen sich nach innen und außen vor Freude, sogar wenn er steht. Er hat eine Frau dabei, eine Trainerin, jedenfalls sieht sie so aus. Außerdem steht da ein ziemlich dicker Bursche vom Landessportbund, glaube ich.

Ich klettere auf den Startblock. Wir haben drei Fehlstarts, bevor wir regelgerecht im Wasser sind. Viel Nervosität. Die Taxacher schwimmt zwei Bahnen neben mir, zwischen uns ist eine Kleine aus der Pfalz, gegen die ich noch nie geschwommen bin. Sie war vor zwei Jahren Landesmeisterin in ihrer Altersklasse. Sie hält sich gut, auch Irina hält dagegen. In meinem rechten

Augenwinkel ahne ich, was sie als Nächstes tun werden. In meinem linken ist eine weitere Schwimmerin, die es mir schwer macht.

Aber ich bin nicht zu schlagen. Die letzte Bahn beginne ich, während alle noch vor der Wende sind. Und dann, ich schwöre es, lege ich ein Finish hin, das mir fast das Blut aus den Ohren presst. Ich schlage an, voll mit Adrenalin und Schmerz. Ich muss mich zurückhalten, um nicht gleich wieder einzutauchen und rücklings über die Bahn zu paddeln, wie ich das im Training oft tue.

Ich halte mich am Beckenrand fest, warte, bis die anderen alle da sind, und nehme die Glückwünsche entgegen.

Ich ziehe mich aus dem Wasser, Bender ist da, meine Mutter und Daniel, der verlegen grinst.

Bender weiß gar nicht mehr, was er sagen soll. Meine Mutter weint fast und sogar Daniel scheint berührt zu sein.

„Heute Abend feiern wir! Und es gibt richtig viel zu essen!" Meine Mutter lädt ihn einfach mit ein.

TICKER Ich bin seit zwei Stunden fertig. Ich bin gewaschen und rasiert. Ich trage meine neusten Jeans (obwohl sie auch alt sind) und meinen Kapuzenpulli. Keiner wird mir draußen etwas anmerken.

Der Pfaffe ist pünktlich, wenigstens etwas. Er trägt seine Jacke. Ich habe die Vorstellung, dass das Wetter draußen schön ist, aber das stimmt natürlich nicht. Es nieselt. Wir gehen in die Stadt. Ich habe etwas Geld dabei und überlege die ganze Zeit, was ich kaufen könnte. Und ich überlege, was sich draußen geändert haben könnte, in einem Sommer. Wahrscheinlich überhaupt nichts.

Es ist nur merkwürdig. Ich fühle mich nackt, werde ich angestarrt? Kennt mich jemand oder kennt jemand den Pfaffen?

Auf dem Marktplatz mit den knubbeligen Pflastersteinen trinken wir einen Kaffee. Der Pfaffe versteht, dass ich mich draußen hinsetzen will. Ich nehme ein Stück Schokoladentorte und noch eins mit Pflaumen und Sahne. Dann ist mein Geld weg. Der Pfaffe gibt mir nichts aus, wahrscheinlich gehört das zum Verantwortung-lernen-Programm. Oder er mag mich einfach nicht.

Aber er redet nicht, wenigstens etwas. Ich sitze nur einfach da und sehe den Leuten zu. Dann gehen wir hoch zur Abtei. Der Pfaffe will mir dort etwas zeigen.

Mir ist alles recht, sogar, dass es regnet und ich nass werde. Er lässt sich die Schlüssel zum Turm geben und dann gehen wir hinauf. Es riecht modrig und nach altem Holz.

Von der Turmspitze aus kann man bis nach Köln schauen, jedenfalls behauptet der Pfaffe das, denn bei diesem Wetter geht das natürlich nicht. Aber ich kann das große Kino am Bahnhof sehen. Ich kann die roten Züge erkennen, die nach Hause fahren.

JENNY Mehr durch Zufall habe ich das erste Material für einen Film über meinen Vater.

Er macht den Gartenteich sauber und unterhält sich dabei mit mir. Natürlich redet er in einer Tour, mit mir, aber auch mit den Goldfischen und mit dem Käscher, sogar mit diesen widerborstigen Weidenwurzeln, die ihm die Teichfolie kaputt machen. Er hat etwas Rührendes dabei.

Also filme ich als Nächstes, wie er die Uferbepflanzung in Ordnung bringt. Er setzt neue Wasserlilien ein und erklärt genau, wie hoch sie werden und wie sie in voller Blüte aussehen. Momentan sind es eher modrige Knollen.

Aber er ist so davon überzeugt und er erzählt ohne jede Scheu in die Kamera, sodass ich es ihm glauben muss.

Als er am nächsten Tag wieder in den Garten geht, nehme ich die Kamera und bin schon ganz gespannt auf die Fortsetzung.

Aber er hat anscheinend nachgedacht. Bevor er am Gartenschuppen ankommt, dreht er sich um und nimmt mich in den Arm. Wortlos.

Dann filme ich ein einstündiges Epos über den Kampf gegen den Bambus, den wir uns unvorsichtigerweise hinter das Gartenhäuschen gesetzt haben. Bambus wächst. Man kann ihn nicht aufhalten, man kann ihn nicht ausrotten. Er bildet Wurzeln und kommt an Stellen wieder, an die man nie gedacht hat. Morgens geht man auf die Terrasse und der Bambus ist bereits einen Meter hoch. Man reißt ihn raus und er wächst am nächsten Tag woanders.

„Das war ein Fehler!“, sagt mein Papa, der nicht gerne Fehler zugibt. „Gegen Bambus kann man machen, was man will!“

„Er ist genau wie du!“, sage ich ihm.

Papa grinst. Er weiß ja, dass ich recht habe.

SARAH

Natürlich weiß meine Mutter inzwischen von der anderen Frau. Ihre Verzweiflung hat eine neue Stufe erreicht. Entweder sitzt sie apathisch am Küchentisch oder sie telefoniert mit der Anwältin. Es geht meistens darum, dass mein Vater das Haus nicht verkauft.

„Er hat schließlich eine Tochter!“, sagt sie immer wieder in den Hörer. Sie kotzt mich an.

Ich warte, bis sie aufgelegt hat. Sie sieht mich nicht an, sondern kramt in den ganzen Papieren und Notizen, die sie für diese Gespräche braucht. Ich kann sehen, dass sie Angst hat. Sie ist hilflos wie ein Kind. Ich will nicht mehr die Erwachsene sein.

Ich forme diesen Satz in meinem Kopf. Aber er kommt natürlich nicht heraus.

Sie sieht mich in den neuen Sachen, die aus Maries Kleiderschrank kommen.

„Hast du dafür Papas Geld geklaut?“, fragt sie.

„Nein“, sage ich. Obwohl es vielleicht ganz gut wäre, wenn sie es glauben würde.

„Ach, Kind, ich kaufe dir doch genug Sachen!“, seufzt sie, als hätte sie mich nicht gehört.

„Ich habe das Geld für etwas anderes gebraucht.“

Meine Stimme ist zu laut.

Sie sieht mich an, zum ersten Mal seit Langem.

„Weißt du, was auf dem Schützenplatz passiert ist? Mit dem, der aus dem Knast abgehauen ist?"

Sie nickt, immer noch verständnislos. Sieht mich an.

„Den hatte ich versteckt. Für den habe ich das Geld gebraucht!", rede ich weiter.

Sie steht auf, aber nur, um sich gleich wieder zu setzen.

„Warum?"

„Und dass ich so oft in der Schule gefehlt habe, kommt daher, dass ich meinen Freund im Knast besucht habe."

„Wie das?", fragt sie.

„Besuchszeit ist da nur vormittags. Deshalb."

„Und jetzt war er abgehauen? Und du hast ihn versteckt?", fragt sie weiter.

„Nein, der, den ich versteckt ... Mama, das ist jetzt doch nicht wichtig."

„Doch! Nie erzählst du was. Und dann hast du plötzlich einen Freund, der im Knast sitzt!"

Sie steht wieder auf.

„Was soll ich deinem Vater sagen? Das verwendet der doch gegen mich!"

„Jetzt fahr dir mal keine Filme! Meinem Vater ist das doch scheißegal! Und dir ist das auch scheißegal! Ihr beide lebt doch nur dafür, euch gegenseitig fertigzumachen!"

Ich merke, dass ich wütender werde, als ich eigentlich sein sollte.

„Das ist nicht wahr!"

„Klar, wenn was mit mir ist, geht es doch nur darum, wer von euch beiden Schuld hat. Ob ihr euch sehen könnt, um euch weiter zu bekriegen. Ihr kotzt mich an!"

Meine Mutter schweigt. Ihre Augen sind klein, als müsse sie ständig blinzeln. Ich bin so daran gewöhnt, meine Mutter zu beobachten und jedes Wort auf die Goldwaage zu legen, dass ich es jetzt erst merke.

„Aber wir tun das doch alles für dich!"

„Mama, mein Ziel ist es, Abitur zu machen und so schnell wie möglich auszuziehen. Ob ich studiere oder eine Lehre mache, das ist alles egal, aber ich will keinen Moment länger hier leben!"

Meine Mama weiß es, wahrscheinlich hat sie es schon lange gewusst. Ich kann ihren Blick lesen.

Sie sieht auf ihre Notizen.

„Also ist das alles umsonst?" Ihre Hand greift in die Unterlagen.

„Keine Ahnung! Woher soll ich das wissen? Aber schieb mich nicht vor! Bitte nicht!"

MOMO Die beiden Familienpizzas brutzeln im Ofen. Es riecht nach Oregano und Käse. Durch das offene Fenster hört man uns bestimmt bis auf die Straße. Es gibt Wein und Bier, echte Cola und für unverbesserliche Sportler, also Bender, Mineralwasser. Ich denke an Ette und seine Mineralwasser-Show und mir wird ein bisschen schlecht, aber nur kurz.

Das Eis wartet im Gefrierfach. Alle sind da. Daniel hat Jenny mitgebracht und auch Tim.

Tina und Peggy können es kaum erwarten, den Teller

vollzukriegen. Sie starren auf die Pizzas, als könnten sie mit ihren Augen den Käse zum Verlaufen bringen. Ich bin fast genauso gierig.

Bender hebt sein Wasserglas.

„Ihr wisst, ich mache keine großen Worte!“, beginnt Bender seine Rede.

„Außer, dass Talent allein gar nichts ist!“, kichert Tina dazwischen.

„Und die Wettkämpfe werden im Winter gewonnen!“, sagt Peggy und muss ebenfalls kichern.

Dieser Spruch wird ab nächstem Monat wieder jeden Tag vom Beckenrand zu hören sein.

„Ja, und nicht vergessen: Schwimmen ist ein Denksport!“, meint Tina. Peggy und ich müssen noch mehr lachen.

„Das stimmt ja auch alles!“, gibt Bender den Beleidigten. Dann lächelt er auch.

„Also, wie dem auch sei. Jedenfalls gibt es noch mehr zu feiern als Tinas und Monikas Siege. Im nächsten Jahr werden sie nämlich beide nach Berlin gehen. Und meiner Meinung nach gehören sie da schon lange hin!“

Tina grinst noch breiter. Ich sitze vor meinem leeren Teller und sehe Bender an, als könne er noch etwas sagen, damit sich alles aufklärt. Aber ich muss es selbst aufklären.

Ich weiß es eigentlich schon seit dem Abend, an dem Bender bei uns war. Ich will nicht nach Berlin, ich will nicht ohne Mama sein, nicht ohne Jenny und auch nicht ohne Daniel. Ich will sogar weiter bei Bender trainieren und mich über ihn aufregen.

Ich weiß, dass diese Chance nicht wiederkommt.

Aber bestimmt kommen ja neue, andere, die vielleicht gar nichts mit dem Schwimmen zu tun haben.

„Freust du dich denn nicht?", fragt Mama. „Das war doch immer dein Traum!"

„Nein", sage ich leise. „Ich gehe da nicht hin."

„Aber für dich ist das doch eine große Chance!"

„Ja, das ist es. Aber ich kann auch hier schwimmen. Und ich bin doch ..."

„Du darfst auf keinen Fall wegen mir bleiben!", sagt Mama.

„Ach, Mama, das weiß ich! Ich will wegen mir bleiben, ich will hierbleiben und die Schule fertig machen und dann mal weitersehen!"

Ich lache etwas, eher weil es plötzlich still wird.

„Und jetzt hätte ich gerne ein Stück Pizza!"

ETTE

Was soll mit mir passieren? Ich gebe zu, das ist eine relativ neue Frage, wenn ich ehrlich bin. Ich habe auch immer einen Plan gehabt und es ist ja auch immer irgendwie weitergegangen, oder?

Aber als der Arzt es mir endgültig gesagt hat, wusste ich nicht weiter. Ich habe gar nichts gesagt, war zu müde. Aber jetzt bin ich auf Zelle und meine kaputte Hand reibt über den rauen Putz, immer hin und her. Ich habe einen festen Verband um die Finger, aber es tut trotzdem weh.

Und die Finger werden nie mehr richtig werden. Das hat der Arzt mir gesagt. Da wurde mir schlecht, aber ich hab nichts gesagt.

Es ist gleich zehn und das Licht geht dann aus. Mein Abendessen steht noch auf dem Tisch, Brot und Wurst, die sich wellt, weil sie nun vertrocknet ist. Ich habe keinen Hunger.

Plötzlich packt mich Wut und ich springe vom Bett, fege mit der kaputten Hand über den Tisch. Geklapper. Ich weiß da nicht weiter. Es ist keine Wut mehr da, nur noch ein komisches Gefühl in der Kehle, als hätte ich einen ganz dicken Hals. Ich reiße die Kiefer auseinander. Ich drehe meinen Kopf hin und her. Vielleicht bekomme ich eine Mandelentzündung. Das wäre schlecht, denn die ärztliche Versorgung im Knast ist scheiße. Über meinem Adamsapfel sitzt ein fetter Kloß, wahrscheinlich sind da wirklich die Mandeln. Ich weiß es nicht genau.

Dann bücke ich mich und sammele das Brot und die Wurst ein. Der Teller ist bis hinter den Vorhang zum Klo gerollt.

Neben dem Scheißpott wird mir schlecht, so viel steckt jetzt in meinem Hals. Vielleicht ist es nur eine Erkältung.

Ich setze mich auf den Boden, den Rücken an die Schüssel gelehnt. Da geht das Licht aus. Diese Idioten, denke ich, aber es macht mir heute Abend keinen Spaß, mich aufzuregen. Mein Mund verkrampft sich und zittert. Meine Kiefer schlagen aufeinander. Es schmerzt. Meine Hand tut plötzlich so weh. Meine Augen werden feucht davon.

SARAH Ich trage die ganzen Sachen zu Marie zurück, obwohl ich finde, dass ich sie mir hart erarbeitet habe. Die ganzen Stunden, die ich Maries verachtender Stimme zugehört habe. Aber es fühlt sich gut an, in alten Jeans und einem verwaschenen Polo-Shirt dort aufzutauchen und ihr die Sachen in die Hand zu drücken.

„Willst du nicht reinkommen?", fragt sie.

„Nein", sage ich.

„Hast du noch was vor?"

„Nein, aber ich glaube ... wir können nicht mehr befreundet sein." Jetzt habe ich es gesagt.

„Was?"

Ich zucke mit den Schultern.

„Du weißt nicht das Geringste von mir. Gar nichts. Du weißt nicht, was in diesem Sommer alles mit mir los war."

Ihr Gesicht verzieht sich genervt. Was soll schon mit mir los gewesen sein?

Plötzlich lächelt sie. „Dann erzähl es mir doch!" Sie tritt zur Seite, damit ich hereinkommen kann.

„Nein, Marie, wirklich nicht", sage ich.

MOMO Es ist Abend und es regnet.

„Das ist unheimlich. Eigentlich ist das total gruselig!", sagt Jenny.

Aber ich glaube ihr nicht.

Das geschmiedete Portal quietscht ein bisschen.

„Psst!", macht Jenny.

„Wer soll uns denn hören? Hier ist doch wirklich keiner!“

Wir sind an Opas Grab.

„Wir graben an der Seite, dort, wo Mama immer die Blumenschale hinstellt“, gebe ich die Anweisungen.

Jenny hat aus dem Gartenhäuschen ihres Vaters einen blanken Spaten mitgebracht. Trotzdem ist es schwieriger, als ich gedacht habe, die nasse Erde zu bewegen.

„Wenn wir hier erwischt werden, sind wir sofort wieder auf der Wache!“

„Jetzt mach mich nicht nervös! Glaubst du, das ist tief genug?“

Jenny blickt in das Loch, das ich gebuddelt habe.

„Gib mal her!“

Sie schaufelt gekonnt, jedenfalls besser als ich. Bald ist das Loch so tief, dass ich Angst habe, auf den Sarg zu stoßen.

„So, und jetzt leg das Ding da rein!“

Ich hole die Pistole aus der Jackentasche.

Opa hat inzwischen einen Grabstein bekommen, aus dunkelgrünem Granit. Ich habe ihn ausgesucht. Sein Name steht darauf und dazu ein Baum mit einer stilisierten, runden Blätterkrone. Mama wollte kein Kreuz, keine geknickte Rose und was sonst noch so im Angebot beim Steinmetz war. Opa war wie ein Baum für uns. Ich finde das schön.

Jenny beginnt damit, Erde auf die Waffe zu häufen.

Bald sieht alles aus wie vorher, besonders, wenn wir die Schale mit den gelben Astern darüberschieben.

Wir machen uns auf den Heimweg.

TICKER Sarah will mich nicht sehen. Das hat sie mir geschrieben, neben vielem anderen wirren Zeug, über ihre Mutter und über diese Marie.

Trotzdem genieße ich die Autofahrt. Ich schwöre mir selbst, dass ich an diesem Wochenende keine Minute verschlafen werde, bis mein Vater mich am Sonntagabend zurückbringt. Ich sehe durch die Windschutzscheibe. So viele Menschen sind unterwegs.

Mein Vater sagt wenig. Er ist wohl selbst ganz aufgeregt. Und Nina macht zu Hause das Essen. Ein ganzes Wochenende ohne dieses furchtbare Graubrot, das es im Knast morgens und abends gibt. Ein ganzes Wochenende in Freiheit. Ich werde wach bleiben.

ETTE Es geht irgendwie weiter, genau wie ich gedacht habe. Meine Mutter war da und hat mir den Fernseher gebracht. Jetzt läuft er wieder, bis abends das Licht ausgeht.

Ich schaue alles, vormittags, nachmittags, die Werbung. Angebote, die glücklich machen, weil ich es mir wert bin, extra schnell und extra verträglich.

Ich habe keine Lust zu reden, gehe nicht mal zum Sport.

Manchmal denke ich daran, was ich für die anderen jetzt bin, für Solli und Pascal, für Ticker und Sarah. Nur noch ein Schatten.

Ich denke nie mehr an diese Schwimmerin oder an die fette Freundin oder ihren blöden Bruder.

SARAH Ich komme mit dem alten Fahrrad den Berg runter. Ich war bei meinem Vater, habe ihm fünfzig Euro von meinem Sparkonto gebracht. Ich habe wenig geredet. Er umso mehr. Dass ich verstehen müsse, dass ich es eines Tages verstehen werde. Ich habe keine Lust dazu.

Die Schaltung im Leerlauf macht dieses sirrende Geräusch, das ich so gerne mag.

Ich weiß nicht, was weiter wird. Ich weiß nur, was ich nicht mehr tun werde. Ticker, Ette, Marie, sogar meine Eltern, die alle bleiben stehen und ich rolle weiter den Hang hinunter. Es fühlt sich wunderbar an.

MOMO Jeder Muskel schreit nach vorne. Wie ein Projektil schieße ich durch das Wasser. Drücke Luft hinein, dann wieder hoch mit dem Körper, Takt halten. Ich habe Arme aus Stahl, Beine wie Turbinen. Ich bin schnell.

Ich wünschte, Opa könnte mich so sehen, stark, den Bauch voll zornigem Kribbeln. Ich wünschte, es gäbe keinen Beckenrand, keine Wende, keine Siegerehrung. Sondern nur das Wasser.